剣帝学院の魔眼賢者

ツカサ

講談社ラノベ文庫

口絵・本文イラスト／きさらぎゆり
デザイン／たにごめかぶと（ムシカゴグラフィクス）
編集／庄司智

序章

「ラグ・ログライン——私は君を新たな〝賢者〟と認めよう」

人類最後の砦《とりで》、結界都市サロニカ。その中央にそびえ立つ魔杖塔《ピラー》の頂上で、師匠は重々しく告げた。

「僕が……賢者に？　冗談でしょう？　僕はあなたの弟子だと名乗るのが恥ずかしくなるほどの落ちこぼれですよ？」

冷や汗が背筋を伝うのを感じながら問い返す。

頼むから冗談だと言って欲しい。だが、肩までの赤髪を風に靡《なび》かせる女性——僕の師であるリンネ・ガンバンテインの表情は揺るがない。

「それは君が本来の実力を隠しているからだ。しかし私の魔眼は誤魔化せないよ。君の術式は、とうに〝万能《ユピテル》〟の域に届いている」

紅玉のごとき師の瞳に、高位魔眼の証《あかし》たる五芒刻印《ステラ》が浮かび上がった。

人類史における五人目の万能到達者《ユピテル》——〝赤の賢者〟と讃《たた》えられる彼女の目は、やはり誤魔化しきれなかったらしい。

何も言えず僕が黙っていると、師は少しだけ視線を緩めて問いかけてくる。

「そんなに、大役を担うのが嫌か？」

外見は僕とそう年が変わらなく見える美少女だが、こういう顔をすると母親に窘《たしな》められているような気分になってしまう。

それもそのはず。僕が弟子入りした時から彼女の容姿は一切変わっていない。彼女の実年齢を知る者は皆無だ。

「そりゃ……嫌ですよ」

僕は目を逸《そ》らしつつも、正直に答えた。

新たな賢者に選ばれることが何を意味するのか——魔術師であれば誰でも知っている。

それは他の魔術師にとっては栄誉な責務なのかもしれないが、僕は御免だ。面倒だし、何よりも師匠の傍《そば》にいられなくなる。僕はただ師匠に——彼女に恩を返したくて、少しでも支えになりたくて頑張ってきたのに……離れ離れになってしまえば本末転倒だ。

「はぁ、君は相変わらずの問題児だな」

溜息《ためいき》を吐き、師匠は苦笑を浮かべる。

口に出すと怒られるだろうが、僕は彼女が困った時に見せるこの顔が好きだった。問題児を演じていたのは、この顔を見たかったからでもある。

けれど師匠はすぐに顔を引き締め、苦笑の名残を消してしまう。そのまま彼女は円形になった頂上の縁に歩を進め、眼下に一望できる結界都市を身振りで示した。

「ラグ――改めて見るといい。十年前の〝降炎《メギド》〟で地上は焼き払われた。無事だったのは、私の結界で守られたこのサロニカのみ。結界の外は炎熱の残滓《ざんし》で未《いま》だ人は立ち入れん」

「けど……あと数年もすれば、余熱も収まってまた外に出られるんですよね？」

以前、師自身が話していたことを僕は口にする。

「ああ。そうなれば人々は再び世界に散って、滅びた街を復興させていくだろう。だがそれも次の〝降炎《メギド》〟が起こるまでのこと。記録によれば二千年前と千年前にも同じ大災厄が起きている。ならば――千年後にもこの悲劇は繰り返されるはずだ」

その言葉を聞いて、僕は頭上に視線を向けた。

真っ青な空には、白と黒の二つの太陽が輝いている。

「……黒き太陽には恐ろしい魔神が棲《す》んでいて、千年ごとに世界を焼き払う……幼い頃に両親から聞かされたお伽噺《とぎばなし》は……真実でした。でも今回も前回も前々回も、結局は何とかなったわけじゃないですか」

なるべく軽い口調で言う。

未来のことは未来の人間に任せればいい。僕はそう思うのだが――師匠の考えはどうも違うようだった。

「それはその時代に災厄に抗《あらが》える術を持つ賢者がいたからだ」

首を横に振って師匠は語る。

「最初の万能到達者《ユピテル》である一人目の賢者、〝瞳〟の概念魔術を生み出したカイン・レイロードにより二千年前の〝降炎《メギド》〟は防がれた。千年前の人類を救ったのは四人目の賢者ノア・ノルン。それ以降、私の代まで賢者は現れなかった」

真剣な口調で言葉を続ける師匠。

「時と共に魔術の才を持つ者は確実に減少している。千年後の世界に賢者が存在している可能性は、限りなく低いだろう。いや、この時代に君が生まれたことがもはや奇跡なのだ」

「だったらまた奇跡を祈るしかないんじゃないですか？」

他人事《ひとごと》であるという立場を崩さず、僕は肩を竦《すく》めてみせる。

できればここで話を終わらせたい。けれど師は僕が聞きたくない言葉をとうとう告げた。

「いや、奇跡は二度も起きない。ゆえに私はこの機会を逃さず、六人目にして最後の賢者たる君に千年後の世界を委ねようと思う」

「…………」

唇を噛《か》み、露骨に顔を顰《しか》めて、師の顔を見る。

「申し訳ないが――私にはもう他に選択肢がない」

けれど師は僕の反応を無視して、手を翳《かざ》した。

すると僕の足元に彼女の魔眼と同じ五芒刻印《ステラ》が赤く浮かび上がる。

「今ここで僕を未来に送るつもりですか……時間凍結の術式のようですね」

　刻印を一瞥《いちべつ》して呟《つぶや》く。

　僕の右目に灯《とも》るのは八芒刻印《ツル》の青い輝き。彼女以上の魔眼を持つ僕には、術式の構造など手に取るように分かる。

「ラグ、やっと本当の〝眼〟を見せてくれたな。八芒刻印《ツル》――太陽の魔眼か。星に過ぎない私の術式など、君の力の前では容易《たやす》く掻《か》き消《け》されるだろう」

　自嘲気味に笑った師は、祈るような口調でこう続けた。

「ゆえに私は、ただ君に頼むことしかできない。お願いだ……どうか千年後の世界を救って欲しい。君ならば災厄を防ぐに留まらず、黒き太陽の魔神を討つことすら可能なはずだ」

　懇願する師。

　選択権は僕の側にある。

　嫌だという気持ちは揺るがない。ただ――。

「一つ、聞かせてください」

「何だ？」

「あなたは千年後の人間がそんなに大切なんですか？　それがあなたの一番の望みなんですか？」

　納得できなければ断るつもりだった。

　千年後の人間よりも、僕は今共に生きている人たちが――師のことが大切だったから。

師は一拍置いてから答える。

「人を救うのは私の責務。何か望みがあるとすれば――――――」

ああ、何てことだ。

納得できてしまう。

彼女の願いを叶《かな》えたいと、僕は強く思ってしまった。

「分かりました。仕方ないですね……では〝それ〟を叶えてきますよ」

諦めの息を吐き、僕は術式に身を委ねる。

「ありがとう、感謝する」

「はい、任せてください」

頷《うなず》いて目を閉じようとするが、一つだけ言っておきたいことを思い出し、こう付け加える。

これまで言いたくても口に出せなかったが、今なら勢いで言える気がした。

「やれるだけのことはやってみます――誰よりも大切な、あなたのために」

「え?」

師は大きく目を見開き、呆気《あっけ》に取られた声を漏らす。その頬が赤く染まるのを見て、少しだけ報われた気持ちになった。
これだけの無理難題を引き受けたのだから、僕の初恋ぐらいは受け取ってもらおう。
こちらも恥ずかしさで顔が熱くなるが、その感情も時と共に凍り付く。
世界最後の賢者、ラグ・ログライン――時空間隔離凍結。
自動解凍まであと九百九十年。カウント開始。

第一章　魔眼の賢者

1

三、二、一、ゼロ――。
カウントストップ。規定年数経過。

術式、自働解凍。


僕――ラグ・ログラインの人生は、とてもシンプルだった。

両親の顔は知らない。五歳までを王都の孤児院で過ごした。

だがある日、黒き太陽から炎が溢《あふ》れて全てを呑《の》み込《こ》み――僕は運良く赤の賢者リンネ・ガンバンテインに救われ、彼女の弟子となったのだ。

煤《すす》だらけの顔で「もう大丈夫だよ」と微笑《ほほえ》んでくれた彼女の顔は、記憶に強く焼き付いている。

そこからはただ彼女に恩を返すために、いつも何かを抱え込んで難しい顔をしている彼女を喜ばせて笑顔にするために、ひたすら魔術の修練に勤《いそ》しんだ。

その十年間、賢者になるための勉強以外はほぼ何もしていない。だから……。

――千年後の人間と上手《うま》くやっていけるんだろうか。

一番の心配はそこだった。

師匠の従者たちと打ち解けるのにも相当時間が掛かったので、コミュニケーションが得意ではないという自覚はある。

対人関係の不安に比べれば、魔神の問題など大したことはない。

時間凍結の術式が解除されていく中、僕はずっとそんなことを考えていた。

パキン――！

だが術式が解け、未来の世界に投げだされた瞬間、それどころではない事態に直面する。

ブワッと全身に吹きつける強風。内臓が浮き上がる浮遊感。

遥《はる》か下に見える緑の平原に真っ逆さまに落ちていく。

「な……」

――魔杖塔《ピラー》が……ない？

驚いた理由はその一点。

師の術式にはきちんと座標を固定する記述が組み込まれていた。

つまり僕は千年後に、同じ場所で時間凍結が解かれたはずなのだ。

だというのに、そこに結界都市サロニカの中核である魔杖塔《ピラー》はなく、僕はそのまま落下している。

というか眼下の平原には人類最後の砦《とりで》だった街の名残すら見当たらない。

「滅んだのか――」

賢者たる師の〝杖《つえ》〟である魔杖塔《ピラー》ならば、千年経《た》ったとしても朽ちることはないと思っていたのだが……。

「考えるのは後にしておこう」

思考を切り替え、意識を集中する。

魔眼を使えば大規模で緻密な術式を編めるが、今はそこまでの状況ではない。

自分自身の魔力とイメージを用い、内面世界で術式を瞬時に構築。

「彼の腕《アーム・オブ・リンネ》よ――星の楔《グラビティ・スティーラー》を奪え」

そして〝女神言語《デアスペル》〟で魔術を現実へ転写する。

ふわり。

すると落下速度が一気に減衰し、まるで水の中にいるかのように体が浮き上がった。

これは重力という〝星の権能〟を限定的に掌握する〝概念属性〟の魔術。歴代の賢者たちが生み出した新たな法則。

基礎的な〝自然属性〟の魔術より遥かに高度で扱いも難しいが、慣れれば風魔術で飛行するより圧倒的に使い勝手がいい。

一度発動すれば思うままに空中を移動可能。効果も魔力が尽きない限り持続する。

——弟子入りしてすぐに、師匠が見せてくれたな。

ゆっくりと地上へ降下しつつ、過去を振り返った。

近づく平原は、かつてはサロニカの中心部だった場所。僕や師匠の従者たちの宿舎があった辺りだが、目を凝らしても小さな岩が転がっているだけ。しかし……。

「下に……何かあるな」

地中に魔力の気配があった。

とりあえずその正体を突き止めるため、浮遊しながら下方に手を翳《かざ》す。

「大地《アース》よ——退け《リジェクト》」

ズンッ……と重い音が響き渡り、大地に大穴が穿《うが》たれた。

中は薄暗いが、底の方が何か光を反射してキラキラと輝いている。

これは単に穴を掘るだけの単純な自然属性の魔術。これで魔力反応が在る場所までルートは開通した。

重力をコントロールしつつ、穴の中へ降りていく。

底まで数十メートル。

そこは地底湖のようで、澄んだ水が波一つなく満ちている。上から見た時に輝いて見えたのは、この湖面だったらしい。

そして地底湖の中心には小島があり、そこに何か――金属の棒のようなものが刺さっていた。

いや、棒ではない……これは〝杖〟だ。

「魔杖塔《ピラー》と同じ形――塔の基盤となっていた師匠の杖か」

錆《さび》だらけの杖を眺めて呟《つぶや》く。

千年の間に何があったのかは分からない。だが魔杖塔《ピラー》や街を消し去ってしまった〝何か〟から、この杖だけは逃れることができたらしい。

「…………」

大きく深呼吸。

少し、心が乱れてしまいそうになった。だがそれは僕らしくない。師が認めてくれた賢者として、まずはやるべきことをやらなければ。

「これ、形見として貰《もら》っていきますよ」

石の台座から杖を引き抜き、時の彼方《かなた》に置き去りにした師に向けて呟く。

表面が錆《さ》びてしまっているが、魔導具としての機能は失われていない。魔力を込めてみると杖に刻まれた回路が輝き、僕を包み込むように細い光の柱が出現した。

――防御結界の形成機能に特化した魔導具か。それなりに便利だな。

魔導具は、僕の魔眼のような先天的魔導器官の機能を人工的に再現した模造品。基本的に生体の魔導器官の方が圧倒的に高性能であるのだが、別にあって困るものではないだろう。

「じゃあとっととこの時代の〝降炎《メギド》〟を――黒き太陽の魔神を何とかしようか」

結界を解除してから、僕は相対するべき災厄の姿を求めて大穴の上――空に目を向けた。

「――は？」

しかしそこで頭の中が真っ白になる。

瞳に映ったものが。信じられない。

今は昼間だ。

ちょうど太陽は真上にあり、眩《まばゆ》い光が真《ま》っ直《す》ぐ穴の底まで射《さ》し込《こ》んでいる。

だが――足りない。

常に白き太陽の傍《そば》に在り、共に天を巡る〝もう一つの太陽〟が――災厄を振《ふ》り撒《ま》く黒き太陽が見当たらない。

「……………………………………………………………………」

賢者は常に冷静に、理性的であるべし。

師の教えを思い出し、心を落ち着けようとする。

――ここは穴の中で視界は制限されている。千年の間に白き太陽と黒き太陽の相対位置が変わった可能性もある。

だからまだ早い。

「すぅーはぁー……」

一度大きく深呼吸して波打つ感情を静め、上空に跳び上がろうとする。

バシャンッ！

その時だ、後方から大きな水音が響いた。

「ちょ、ちょっとそこのあなた！　そこで何をしてるんですか！」

さらに地底湖の静寂を破る甲高い声が耳に届く。

「ん？」

振り返った僕は、またもや驚愕《きょうがく》した。

そこには――ほとんど裸と言ってもいい姿の少女が立っていた。

ひと目で〝美しい〟と感じる顔の造形と体のバランス。青く大きな瞳は宝石のように輝いて見える。

身に着けているのは辛《かろ》うじて胸と下腹部を隠す下着だけ。どうやらここまで潜水してきたらしく、金糸のような長い髪はびしょ濡《ぬ》れだ。

「な……」

顔が熱くなり、声が上擦る。

修行ばかりの毎日で師匠以外の女性と関わって来なかった僕は、同い年ぐらいの女の子とまともに話したことがない。しかもこんなあられもない姿を目にしたのは、生まれて初めての経験だった。

優美な体の曲線と、豊かな胸の膨らみから目が離せない。

何も言えずにいる僕に向かって、少女は焦った様子で話しかけてくる。

「いったいどこから来たんですか⁉　ここまで痕跡なんて何もなかったですよ。私、この長い長い迷宮を何日もかけて踏破したのに……まさか先を越されるなんて……」

質問されたことでようやく頭が回り始めた。

「どこからって、まあ……上からだけど」

あられもない姿の少女から目を逸《そ》らしつつ、僕は自分で空けた地上まで続く穴を指差す。

「上……」

呆然《ぼうぜん》と少女は穴の上を見上げてから、僕に視線を戻して叫ぶ。

「こ、こんな穴、なかったはずです！　私、外からこの辺りを見ましたもん！」

「それは、僕が空けたというか……」

「あ、空けた⁉　そんなわけ……迷宮の外壁が壊せるはずが——」

「でも事実だよ」

僕は肩を竦《すく》める。というかこの場所にそんな強固な外壁はなかった気がするのだが。

「すごい——すごい、けど……でも、やっぱりズルいです！」

「いや、そう言われても……」

困り果てて頭を掻《か》く。

どうやらこの少女は別のルートでこの場所に辿《たど》り着《つ》いたらしい。

何という偶然……いや、約千年ここが手つかずだったとするなら、とんでもない間の悪さだ。

「見た感じ、あなたは剣士じゃないですよね？　だったらそれはあなたに過ぎた代物。力は才と志ある者が振るうべき——この世界のために、その〝剣〟を渡してください」

鋭い眼差《まなざ》しで僕を睨《にら》み、少女はこちらに手を差し出す。

——剣？　世界のため？

彼女の言葉には気になる部分が多くあったが、〝過ぎた代物〟という部分に胸の奥がざわついた。

「確かに僕は剣士じゃないが……この〝杖〟は渡せないな。これを持つ資格があるのは、僕だけだ」

サロニカが跡形もない今、この杖だけが師との唯一の繋《つな》がり。

どこの誰とも分からない少女に譲るわけにはいかない。

「杖……？　い、言われてみれば確かにあまり剣っぽくないですが……ここが〝聖霊の迷宮〟なら絶対に剣のはずです！」

たじろぎながらも反論してくる少女。

――聖霊の迷宮……一体何のことだろう？

聞いたことのない名称だ。これは情報収集も兼ねて、しっかり彼女から話を聞くべきかもしれない。

けれど少女は腰を落として構えを取った。

「悪いとは思いますが、力ずくでも貰っていきます。私の剣は向こう岸に置いてきちゃいましたが……素手でも素人には負けません」

――戦うつもりなのか。

強盗なら容赦はしないが、少女の瞳は強い使命感が宿っているように見える。それに相手は華奢《きゃしゃ》な女の子で、魔力の気配もない。

ゴゴゴゴゴゴ――。

どうしたものかと困っていると、地底湖の湖面が大きく波打ち出した。

少女はハッとした様子で辺りを見回す。

「しまった――うるさくして魔物に気付かれた⁉　せっかく上手くやり過ごしてここまで来れたのに！」

慌てふためく彼女の傍に、大きな水柱が立ち昇った。

グォォォォォォォォンンッ！

現れたのは巨大な首長の水竜。文献でしか見たことがないが、僕の時代にもいたサーペントの一種のようだ。ただ……。

――これは魔物じゃないな。ただの獣だ。

魔力が感じられない。魔物とは〝魔術を使う生物〟の総称。魔眼のような魔導器官を生まれつき備えた生物がそう呼ばれる。

「こんな巨大な魔物……聖霊剣《グラム》を解放しないと対処できないじゃないですか！　早く私に剣を渡して！　私が戦いますから！」

だが少女は魔力を感知する術がないらしく、切迫した様子で僕に剣を要求した。

いや、もしかするとこの時代では魔物の定義が変わっているのかもしれない。まあどちらにせよ――。

「断る。こいつは僕が片付けるよ」

そう言いながら一瞬で術式を編み上げる。

術式とは、イメージを練り込んだ魔力。魔術の規模、威力、射程、対象、効果時間などを規定した魔力を用いることで、女神言語《デアスペル》によって生じる事象を制御下に置く技法。

さっき地面に穴を空けた時は、腕の向きと魔術の発動方向を連動させていた。

けれど今回は時間短縮のため、より速い照準方法を選択する。

――対象、捕捉。

僕は、ただ真っ直ぐに敵を〝視《み》る〟。

「え？　あなた何を――」

唖然《あぜん》としている少女に構わず、僕は短く告げた。

〝視線を向けた相手〟を対象とする術式を用いて、魔術を発動。

「風よ断て《エアブレイド》」

ヒュインッ！

空を裂く音と共に、サーペントの長い首がちょうど真ん中で両断される。

肉と骨の断面を晒《さら》しつつ、湖に沈む獣。

「嘘《うそ》……」

呆気《あっけ》にとられた様子で少女が呟く。

サーペントの血で濁っていく水から逃げるように少女は後退し、僕のいる小島に上がってきた。

そしてこちらを振り返り、青い瞳でまじまじと僕の体を眺めまわす。

「今の……あなたがやったんですか？」

「ああ」

そんなに驚くことかと思いながら頷《うなず》く。

今のも基礎的な自然属性の風魔術。術式の精度や速度を褒められるならまだしも、魔術自体は魔術師であれば誰もが使えるレベルのものだ。

ただ〝巨大なだけ〟のサーペントに焦ったり、反応がいちいち大げさ過ぎるのではないだろうか。

「すごい……全然、見えませんでした」

「はい？」

けれど今度は僕の方が彼女の言葉に困惑してしまう。

見えなかったっていったい何が……。

「すごい……すごいすごいすごいすごいです！　剣筋どころか抜いた動作さえ見えないなんて私初めて！」

「……抜く？」

理解できずに問うと少女は僕の手にある杖を指差した。

「今、その〝剣〟で魔物を斬ったんでしょう？　そっかぁ……杖みたいな形の聖霊剣《グラム》だったんですね」

興味深そうに僕の杖を眺める少女だったが、こちらはより混乱する。

――剣で斬った？　まさか彼女は、僕が〝魔術を使ったと微塵《みじん》も思っていない〟のか？

「立ち姿とか全然剣士っぽく見えませんでしたが――実力が離れすぎていると相手の力が分からなくなる――という話は本当だったみたいです。ごめんなさい、あなたみたいな達人にすごく失礼なこと言ってしまいました……」

申し訳なさそうに謝る少女。その瞳には尊敬の色さえある。

何だかどんどん誤解が拡大していっている感じがした。

この行き違いがどこにあるのかを確かめるため、僕は慎重に問いかける。

「君は……魔術を知らないのか？」

「マジュツ？　それがあなたの流派なんですか？」

きょとんとした顔で問い返された。

「いや、流派というか……」

「じゃあ技の名前？」

「…………」

噛《か》み合《あ》わない会話を経て理解する。

——この時代に、魔術を使える人間は残っていないんだな。

師はこれから魔術の才を持つ者は減っていくと言っていたが、まさか魔術師という存在すら絶えているとは。

彼女は魔術を知らないからこそ、サーペントを倒した魔術を〝剣技〟と誤解したのだ。

視線を用いて魔術を発動し、余計な動作をしなかったことも誤解を招いた原因に違いない。

「……そんな感じだよ」

あえて誤解は解かず、曖昧に頷く。

ここで僕が約千年前から来た賢者だと言っても信じて貰えないし、理解もできないだろう。

「へー、初めて聞きました！　ひょっとして東方から来たのでしょうか？　あっちには居合って技があるって噂《うわさ》ですけど、さっきのがそれですか？」

「……まあ、ね」

一先《ひとま》ず話を合わせることにして、僕は再びぎこちなく首を縦に振った。

どうやら千年後の世界は僕が思っている以上に変化しているようなので、可能な限り情報を引き出すことにしよう。

「すごいすごい！　できれば私にも教えて欲しいです！」

「悪いが――門外不出だ」

教えられる技術などないため、そう答えるしかない。

「あー、やっぱりそうですよねー。だけど……よかった。私の先を越したのが、あなたみたいな人で。迷宮を踏破した苦労は無駄になっちゃいましたが、世界のためを思えば強い人が手にした方がいいですし」

もう僕の杖に未練はないらしく、晴れ晴れとした顔で彼女は笑う。

――また、世界のため……か。

いったいどういう事情があるのかと内心で考えていると、彼女は小島の上に空いた穴を示した。

「あなたはここから降りてきたって言いましたけど……登る手段はあるんですか？　見たところロープとかもないですが」

「ん？　ああ、僕は普通にここから戻れるよ」

重力制御の魔術は解除していないので、軽く跳躍するだけで地上に帰還できる。

問題ないと頷くが、彼女は僕の答えを別の意味に解釈したようだった。

「ということは上に誰かお仲間がいて、引き上げてくれるということですね！　じゃあ私、剣と鎧《よろい》を取ってきます！　静かに泳ぐために向こう岸に置いてきちゃったので」

彼女はそう言うと、サーペントの血で濁った箇所を避けて水に入る。

「え？　お、おい！」

「ちょっと待っててくださーい！」

僕の言葉を聞かず、彼女は暗く霞《かす》む地底湖の向こうに泳いでいった。

——また誤解させちゃったな。こうなったら僕が上まで連れて行くしかないか。

数十メートルはある穴の先を見上げつつ、その場で待つ。

しばらくすると頭の上に大きなバッグを載せ、少女が戻って来た。

バッグからは長い剣の鞘《さや》や、鎧の肩当てと思われる部分が飛び出している。

「ふぅ……到着です〜」

小島に上がってきた少女はドスンとバッグを地面に置き、こちらを見た。

「あ、あの……」

「何？」

「着替えるから……後ろ向いててくれません？」

ちょっと頬を赤らめてお願いされ、僕はまじまじと下着姿の少女を眺めていたことに気付く。

「——分かった」

動揺しつつもそれを隠して後ろを向いた。

体を布で拭いている音、衣擦《きぬず》れの音、装備を身に付けている音に想像が膨らんで心拍数が上がる。

「もういいですよ、ありがとう」

その声に振り向くと、少女が鎧と剣を装備して照れ臭そうに立っていた。

剣も鎧も白を基調としており、可憐《かれん》な騎士という印象だ。

ただ女性が帯剣した姿は、僕の時代では見たことがない。剣士というのは魔術師の盾となる存在で、屈強な男しかその役目を果たすことができなかったからだ。

魔術師がいないこの時代では、剣士の役割そのものが変わっているのだろう。

「あ、あんまりまじまじと見ないください」

「ご、ごめん」

慌てて目を逸らす。

「それで――ここからどうしましょう？　上に呼びかけたら、お仲間がロープを垂らしてくれるとか？」

探検用と思われる大きなバッグを背負い上げた少女は、頭上の穴を見上げつつ僕に訊《たず》ねた。

「何か誤解しているようだけど、僕に仲間はいないよ」

「え？　じゃ、じゃあどうやって……」

「まあいいから、僕に任せて」

ここで照れてはまた変な雰囲気になると思い、僕は思い切って少女の腕を掴《つか》む。

「へっ⁉　な、何？」

どぎまぎした様子で問いかけてくる少女。

「じっとしてて。すぐ着くから」

重力制御の魔術は発動させたまま。

トンと軽く地面を蹴るだけで僕の体は宙に浮き上がり、手を握った少女も重力の頸木《くびき》から解き放たれる。

「ひゃっ――う、嘘⁉」

信じられないという顔で少女は声を上げる。

魔術を知らない彼女にとっては、これも僕の身体能力だとしか考えられないはずだ。

このまま一気に地上まで舞い上がってもよかったのだが、それはさすがに〝現実的〟ではないかと思い、何度か縦穴の壁を蹴る動作を挟みつつ、出口を目指す。

「すごい――私一人抱えてこんな動きを――」

少女のびっくりした声を聞いて、ちょっと居心地の悪い気持ちになった。

騙《だま》しているようで悪いなと考えながら、僕は少女を連れて地上に辿り着く。

ふわりと大穴の縁に着地し、少女の手を離した。

「……あなたに手を引かれている間、何だか体が軽くなったみたいでした」

「そ、そうかな？」

まさにその通りなので、僕は返答に困ってしまう。

「人間って鍛えるとここまで凄《すご》くなれるんですね……私も頑張らなきゃ」

自分に言い聞かせるように呟いた彼女は、笑顔でこちらを見る。

「ありがとうございます。おかげでながーいダンジョンを引き返す手間が省けました。あの……それでですね……せっかくだから、一緒に行きませんか？」

当たり前のように問いかけられて戸惑う。

「行くってどこへ？」

「え？　聖霊剣《グラム》を手に入れたんだから、あなたも帝都の学院に向かうんでしょう？」

またもや当然のような顔で言われる。

「学院？」

「それはもちろん聖霊剣《グラム》を授かりし〝聖騎士《パラディン》〟たちが集う、ハイネル剣帝学院のことですよ」

聖霊剣《グラム》とは、帝都とは、聖騎士《パラディン》とは、剣帝学院とは……。何もかもが分からない。

答えに迷っていると、少女はハッとした様子で自分の腰にある白い長剣を示した。

「あ、ちゃんと私も聖霊剣《グラム》は持ってます。ただこれは少し使い勝手が悪くて……だから別の剣を探していました。けど、さすがにもう当てはないから……この剣で戦っていくことにします」

少女の表情に覚悟の色が浮かぶ。

――本当に何が何だか分からないけど、とりあえずは一緒に行動した方がいいな。

「分かった。一緒に行こう」

今はこの世界の常識に合わせることにして、僕は彼女の同行を了承した。

ただ、僕の杖は師匠の魔導具だ。間違いなく聖霊剣《グラム》とかいうものではない。

つまり先ほどの地下洞窟が聖霊の迷宮であるという事から、彼女は誤解している可能性が高いのだが……今は勘違いしたままでいてもらおう。

「やった！　じゃあこれからよろしく――ってまだお互い名乗ってなかったですね。私はクラウ。クラウ・エーレンブルグです。あなたは？」

嬉《うれ》しそうに笑いながら少女――クラウは名乗る。

「……僕はラグ。ラグ・ログラインだ」

僕もそう名乗ってから、恐る恐る空を見上げてみた。

――やっぱり、ない。

白き太陽が照らす世界に、黒き太陽は影も形もない。

僕が千年後の世界に来たのは、全くの無駄だったのだろうか。けれどクラウはさっき

〝世界のため〟と言っていた……。それはすなわち黒き太陽がない世界にも、何らかの危機があるということなのでは……。

考えるが、情報が少なすぎて答えの出しようがない。

「ラグ様、どうかしましたか？」

「何でもない。というか……どうして様付けなんだ？」

「え？　だって〝剣の技量〟で私以上の人を見たのは初めてですから。尊敬を込めて呼ぶのは当然ですよ。ひょっとして……ダメでした？」

首を傾《かし》げて問いかけてくるクラウ。

「……好きにしてくれていいよ」

誤解を解く方法はないので、諦めの心地で頷く。

千年の時を経た世界は、あまりにも多くの〝未知〟に溢れていた。

2

「急げば夕暮れまでに街道へ出られるはずです。そしたら後は馬車で帝都へ一直線ですよ」

荷物でいっぱいのバッグをさして重くもなさそうに背負うクラウは、歩きながら平原の果てを指差した。

「夕暮れまでか……街道はここからかなり遠いんだな」

まだ高い位置にある太陽を見上げて呟く。

重力制御で体を軽くしているので体力は問題ないが、結界都市の中で生活していた僕にとって徒歩での長距離移動は初めての経験だ。

「僻地《へきち》にある聖霊の迷宮の中では近い方ですよ。私たちが来るまで誰も探索していなかったのは、やっぱり魔王の呪いが怖かったからでしょうね」

「……魔王の呪い？」

あまり無知を晒すべきではないと思うのだが、どうしても気になって問い返す。

「あれ、ラグ様は知らずにここへ？　この一帯はずっと昔、魔王城の一つがあった場所じゃないですか？」

──魔王城？　結界都市サロニカは、後世でそんな呼ばれ方をしていたのか？

「僕はまあ、偶然辿り着いたというか……」

「そうなんですね！　何だか運命の導きって感じがします！」

はしゃぐクラウだったが、僕はこの時代に来て最初に抱いた疑問の答えがここにある予感を覚えていた。

いったい何故《なぜ》、魔杖塔《ピラー》やサロニカは跡形もなくなってしまったのか。

「その魔王城は……どうなったんだったっけ？」

知っているけど忘れたという振りをして問う。

「最初に聖霊剣《グラム》を手にした初代剣帝ハイネル様が消し飛ばしたんですよ」

「……………………ああ、そうだったな」

動揺を押さえ込んで相槌《あいづち》を打つ。だが胸の内では疑問が溢れ出す。

――サロニカが消し飛ばされたって、何でそんなことに……それに聖霊剣《グラム》とやらは、そんな火力を出せる武器なのか？

クラウの佩《は》く白い長剣からは薄《うつす》らと魔力を感じるが、とてもそんな大層な代物には思えなかった。

「ちなみに〝他の魔王城〟はどこにあるんだっけ？」

先ほど彼女が〝魔王城の一つ〟と言ったので、そう問いかけてみる。

「北の大陸と、あとは〝極点〟に本拠地があるって話です。学院に入ったら、私たちもそのうち遠征に参加することになるかもですね」

「――そうかもな」

彼女の口にした情報を頭に入れつつ、僕は小さく頷いた。

魔王とは何か、剣帝とは何者か、それを問えばさすがにクラウも僕の素性に疑念を抱くだろう。

せっかく友好的な関係になれたのに警戒心を持たれたくはないため、それ以上の質問は控えることにする。こうした基礎的な情報は他の人間や文献からも得られるはずだ。

そこから無駄口は控えて先を急ぐ。

するとクラウが言った通り、西の空が赤く染まり始める頃に街道と思われる場所が見えてきた。

ちらほらと木が生えた広大な平原を横切る黄色っぽい線。見える範囲に建物はないが、道沿いに看板らしきものがいくつか立っている。

「あ、ちょうど馬車が来たみたいです！　あれに乗せてもらいましょう！」

そう言ってクラウが走り出す。後を追いながら道の先に目を凝らせば、確かに土埃《つちぼこり》のようなものが見えた。

だが僕たちが道沿いに到着し、土煙が近づいてくると——異変に気付く。

「っ……あの馬車、魔物に追われていますね」

硬い声で呟くクラウ。

こちらに駆けてくる二頭立ての馬車に獣が並走していた。

——ブラックハウンドに似ているな。

サーペントと同じく、文献で目にした獣の一種。やはり魔力は感じないため、僕から見れば魔物と呼ぶには足りない存在だ。

「じゃあまた僕がやるよ」

とりあえず僕が倒すしかないだろうと前に出ようとするが、クラウは首を横に振る。

「いえ——小型の魔物であれば、聖霊剣《グラム》の力を解放せずとも倒せます。ラグ様には遠く及ばないと理解していますが、どうか私の剣技を一度見ていただけないでしょうか？」

「まあ……やれるなら任せるけど」

少し不安になりつつも、魔物の対処を彼女に委ねた。

「ありがとうございます！　では——」

嬉しそうに頷いた彼女は腰の長剣を抜き放つ。

白き太陽の光を反射してキラリと輝く刀身。彼女によく似合う美しい剣だが……。

——やっぱり大した魔力は感じない。

力を解放すれば違うのかもしれないが、今のところクラウの剣は魔導具と呼ぶのも躊躇《ためら》われる代物だった。

近づく馬蹄《ばてい》と車輪の音。

馬車の御者がこちらに気付いたらしく、目を見開く。

「お、おいっ！　あんたら逃げろっ‼　魔物だぁっ！」

裏返った声で御者は僕らに叫んだ。

だが追われている状況で止まるわけにもいかず、そのまま僕たちの脇を通り過ぎる。そして馬車を追尾していた黒い狼《おおかみ》が、立ち塞がるクラウに襲い掛かった。

――いざとなれば僕が……。


いつでも魔術を使える準備をしておくが、直後の光景に息を呑む。

クラウが前に一歩踏み込んだ瞬間、銀色の光が煌《きらめ》き――狼の首が飛んだ。

動きは見えなかった。瞳に残ったのは奔《はし》り抜けた刃《やいば》の残光だけ。

ズンッ――と頭部を失った黒狼が倒れ伏す。

馬の嘶《いなな》く声が聞こえて振り向くと、停《と》まった馬車から御者が身を乗り出してこちらを見ていた。

「ふぅ……魔物が全部、このぐらいの大きさならいいんですけどね」

クラウの呟きと、剣を収める音が耳に届く。

そちらに向き直ると、彼女は緊張した表情を浮かべていた。

「えっと、未熟なのは百も承知でお尋ねします。私の剣技は、ラグ様から見てどのような感じでしたでしょうか」

「……十分、達人と言えるレベルだと思うよ」

素直にそう答える。

僕のいた時代の剣士は剣技よりも頑健さが求められていたが、それでも技量に優れた者がいなかったわけではない。なので彼女の技量が卓越したものであることはすぐに分かった。

「本当ですか！　じゃあどうしたらラグ様みたいになれますか⁉」

そう問われて今度は言葉に詰まる。

剣士ではない僕に、まともなアドバイスなどできるわけがない。

だからしばらく考えて、首を横に振った。

「無理だな。クラウは、僕にはなれない」

――君は剣士で、僕は賢者だから。

「そ、そうですよね……」

がくりと項垂《うなだ》れる彼女だったが、僕は構わず先を続ける。

「ただ――僕と同じ力を得るのは無理だけど、強くなる方法なら明白さ」

「え？」

「見た感じ、クラウは僕と同じぐらいの年だよね。それでその技量なんだから、きっと君の努力は正しい。これまで続けてきた修練を重ねればもっと強くなれるはずだ。僕に言えるのはそれだけだよ」

たぶんこれは誰でも言えるありきたりな意見。でも、きっと彼女には必要な言葉。

自分の努力を肯定してくれること――それがどれだけ心の支えになるかを僕は知っている。

師も、そうして僕を導いてくれたから。

「努力は、正しい……」

僕の言葉を繰り返したクラウの表情に、徐々に明るさが戻る。

「……ありがとうございます、何だか心がふわっと軽くなりました。これからも修練あるのみ……ということですね！　さすがです、ラグ様！　師匠と呼ばせてください！」

「し、師匠？　待ってくれ、クラウにも誰か師はいるだろう？」

まさか自分が師と呼ばれるとは思わず、動揺しながら聞き返した。

「いえ、私の剣技は故郷の町にこれまで訪れた聖騎士《パラディン》様たちの見様見真似《みようみまね》です。なので明確な師はいません」

「だとしても……僕はクラウに何も剣技を教えられないし、教えるつもりはないよ」

僕の言葉にクラウは頷く。

「分かっています。門外不出と仰《おっしゃ》っていましたもんね！　ですから技術的なことではなく、心の師という感じです！　そう思わせていただくだけで構いません！」

満面の笑みで答えるクラウを見て、これは何を言っても無駄だと悟る。

「――はぁ、なら好きにしてくれ。ただ……師と仰ぐのはいいけど、師匠という呼び方はできればしないで欲しい」

自分の師である偉大なる〝赤の賢者〟を思い出し、僕はそれだけ要求した。

賢者になったとは言え、自分がまだ師と呼ばれるに相応《ふさわ》しい器だとは思えない。

「はい、了解です！　では今まで通りラグ様と呼びますね！　これからも研鑽《けんさん》を続けて、大型の魔物も剣技で倒せるようになってみせます！　そうして少しでも長く……」

ぐっと剣の柄に手を当て、クラウは真剣な様子で呟いた。

「クラウ？」

どうしたのかと名前を呼ぶと、彼女はハッとして首を振る。

「あっ、な、何でもありません！　それよりもあの馬車に乗せてもらいましょう！　ほら、こっちに手を振っていますよ」

そう言ってクラウは馬車の方に向かう。

――何か事情を抱えてそうだな。

だがそれを今訊ねることはせず、僕は後に続く。

夕暮れが近づく空には、一つきりの太陽が橙《だいだい》色《いろ》に輝いていた。

3

「着きました！　帝都の大外壁ですよ！」

馬車に乗って数刻。

クラウが馬車の幌《ほろ》から顔を出し、歓声を上げる。

「……今日中に着けてよかったよ」

馬車の揺れと狭さが苦痛だった僕は、安堵《あんど》の息を吐いた。

この馬車は大人数の客を乗せる〝定期便〟ではなく、商人が荷物を運ぶためのものだ。魔物から助けた礼としてタダで乗せてもらったので文句は言えないが、乗り心地は最悪に近い。喋《しゃべ》ると舌を噛むので、ろくに話もできなかった。

帝都の方角は分かったので魔術で空を飛んで行くという選択肢もあったが、まがりなりにも弟子となったクラウを放り出すのは抵抗があり、結局我慢を続けた。

――師匠というのは大変だな。

僕という問題児を指導していた師の苦労はいかほどだったのかと、今になって思いを馳《は》せる。

もうとっくに日は沈み、灯火のない幌の中は真っ暗。月と星がある分、外の方がまだ明るいほどだ。

大外壁というものが気になって、僕もクラウの横から外を覗《のぞ》いてみる。

「確かに――大きな壁だ」

篝火《かがりび》が焚《た》かれているのですぐに分かった。

馬車の行く手に黒々とした高い壁が聳《そび》えている。そして道の先――入り口らしき大門には長い馬車の列ができていた。

それは馬車の積荷《つみに》を検めるための列らしく、旅人用の入り口は横の小さな門だと商人は教えてくれる。

「ここまで乗せてくれてありがとうございました！　じゃあラグ様、行きましょう！」

「ああ」

クラウと共に馬車を降り、通用口のような小さな門の方へ向かった。

夜であるためか、そちらに並ぶ者は皆無。門の前では鎧を着た兵士と、腰に幅広の剣を佩く大柄な男が談笑している。

彼らは僕らに気付くと何か会話をし、大柄な男の方だけがこちらに近づいてきた。

恐らく剣士なのだろうが防具の類を身に着けていない。代わりに目立つのは、首や腕に金や宝石をあしらった装飾品だ。

悪趣味で柄が悪い、それが彼の第一印象。

「そこのお前――それはひょっとして聖霊剣《グラム》か？」

クラウの腰にある剣を指差して、男が高圧的な口調で問う。

「はい、私たちは学院に入るため帝都へ来ました。それが聖霊に認められた聖騎士《パラディン》の責務ですから」

そうクラウが答えると、男は僕の方にも目を向けた。

「私たち……ってことは、お前のそれも聖霊剣《グラム》ってことだな」

値踏みをするように僕の杖を眺める男。

──嫌な感じだな。

不快感を覚えながらも、とりあえず黙って首を縦に振っておく。

「そういうことなら、俺についてこい」

顎で僕たちを促して、男は門の方ではなく大外壁沿いに歩き出した。

僕とクラウは顔を見合わせるが、男がどんどん先に行くので仕方なく後を追う。

街道から離れると辺りの暗さが増す。

〝学院〟とやらに入る者専用の門があるのかとも考えたが、男は何もない場所で唐突に足を止めた。

「ここらでいいだろ──じゃあ俺がお前らをテストしてやるよ」

そう言って男はおもむろに腰の剣を抜く。

「テ、テスト……ですか？」

男の動きに警戒して剣の柄を握ったクラウは、戸惑った様子で訊ねた。

「ああ。この世界一安全な帝都に入るため、聖騎士《パラディン》を騙《かた》る輩《やから》は意外と多い。だから帝都の各門には、俺みたいな〝本物〟が守衛も兼ねて配置されてるのさ」

「本物──じゃああなたも……」

クラウはごくりと唾を呑み込んで男を見る。

「その通り。俺は天牛《タウルス》隊所属、第九席のボルト・オーガスト。お前らの聖霊剣《グラム》が本物だっていうのなら、今ここで力を解放してみせるんだな」

男――ボルトは剣を構えて僕らを睨みつけた。

「ま、待ってください！　私の聖霊剣《グラム》は少し扱いづらいもので……今ここで力を使うのが難しいと言いますか……できれば他の方法で確かめていただけないでしょうか？　剣の造作を見れば人の手に依《よ》らぬ代物であると分かるはずですし――」

クラウは慌てながら早口で言い、腰の剣を抜いてみせる。

黒狼を斬った時は一瞬で分からなかったが、剣の刀身には峰の部分に複雑な文様が刻まれていて、確かに職人が作る刀剣とは一線を画するものだと感じた。

だがボルトはわずかに眉を動かしただけで何も言わず、僕の方に視線を移す。

「お前はどうだ？」

「……僕はこれを手にしたばかりで、力の使い方がいまいち分からなくて」

僕が肩を竦めると、ボルトはにやりと口の端を歪《ゆが》めた。

「ほう、じゃあお前らは二人とも聖霊剣《グラム》をまともに使えないわけか。そりゃあ残念だ。聖騎士《パラディン》を騙る奴《やつ》は犯罪者ってことになる。痛い目をみたくなけりゃ、武器を捨てて投降しな」

「え――ち、違います！　本当に私たちは……！」

焦るクラウがボルトに近づこうとするが、僕は腕を上げて彼女の動きを押し留める。

「クラウ、たぶん何を言っても無駄だよ。こいつはきっと最初から僕らの剣を奪うつもりだったんだ」

　するとボルトは嫌らしく笑って聞き返してきた。

「さて、何の話だ？　お前らが聖霊剣《グラム》の力を見せていれば、俺はきちんと学院まで案内したぜ？」

　とぼける彼に向かって言う。

「僕はまあ、田舎育ち……みたいなもので学院について詳しくはないんだが、そこで聖騎士《パラディン》は剣の扱い方を学ぶんじゃないのか？　最初から聖霊剣《グラム》の力を使《つか》い熟《こな》せる人はどの程度いるんだい？」

　情報が少ないのでカマ掛けに近かったが、ボルトは予想通りの反応を見せた。

「さあな、忘れちまったよ」

「――そうか。つまり君はこれまでも僕らみたいな新参者から難癖をつけて剣を奪っていたわけだ」

　僕の言葉を聞いたクラウが顔色を変える。

「そんな……恥ずかしくないんですか⁉　あなたも聖霊に選ばれ、世界のために戦う高潔な剣士のはずでしょう？」

　糾弾するクラウ。

　しかしボルトは動じることなく幅広の剣を揺らした。

あれも聖霊剣《グラム》らしいが、やはり強い魔力は感じない。

「もちろんこれも世界のためさ。聖霊剣《グラム》は選ばれし者の武器――どこの生まれかも分からねえ辺境の平民より、もっと相応しい使い手がいるはずだ」

僕はそれを聞いて彼の腰にある剣の鞘と、首や腕に付けている金色の装飾品に目をやる。

「君は他に剣を持っていないようだね。羽振りの良さそうな格好を見る限り、奪った剣は誰かに横流ししたのかな？」

「はッ、どうだかな」

はぐらかすボルトだったが、にやにやと笑う表情で答えは透けていた。

「あなたみたいな人が聖騎士《パラディン》だなんて――許せない。この不正は私が告発させてもらいます」

声に怒りを滲《にじ》ませて、クラウが剣を構える。

ボルトはそんな彼女に嘲りの表情を向けた。

「……どうやらまだ自分の立場が分かってないみたいだな。剣を奪っちまえばお前らはただの不法移民。誰もお前らの言うことに耳を貸しやしねえよ。だが――万が一のことも考えて、生意気なことを言う口は完全に塞いでおかないとなぁ！」

そう叫んで剣を振《ふ》り被《かぶ》るボルト。

「目覚めろ――熱き岩鬼《アギ・オウガ》！」

その瞬間、剣が赤く輝き、刀身から莫大《ばくだい》な魔力が溢れ出た。

「っ……」

魔力に感応する魔眼が疼《うず》く。

「はあッ!!」

ボルトが剣を振り下ろし、足元の地面に叩《たた》きつけた。

すると地鳴りが響き、僕らの背後の地面が隆起して高い壁となる。

――まるで魔術だ。

しかし僕の魔眼でも術式が見えない。つまりそれは魔術とは違う、全く別系統の〝理《ことわり》〟を用いた力だということ。

エネルギー源が魔力である点は同じようだが、他は全てが不明。

「これでもう逃げられねえぜ」

勝ち誇った様子でボルトが告げる。

「逃げるつもりなんて、最初からありません!」

クラウは臆することなく、正面からボルトに向かって駆けた。

凄《すさ》まじい速度。

瞬く間にボルトを間合いに捉えたクラウは、横薙《よこな》ぎに剣を振るう。

「ん?」

ボルトはクラウの動きについていけず、迫る刃を前にして間の抜けた声を漏らした。

ギィイイインッ!!

だが、甲高い音と共にクラウの剣は弾《はじ》かれる。ボルトは棒立ちで、無防備だったにもかかわらずだ。

「な――」

驚きの表情を浮かべ、たたらを踏むクラウ。彼女はバランスを崩しつつも、後ろに大きく跳んで僕の前まで戻ってきた。

――魔力障壁か。

クラウは理解できていないようだが、僕の魔眼はボルトを包む濃密な魔力が彼女の剣を弾き返した光景を捉えている。

――聖霊剣《グラム》の力を解放すると、魔術のような現象を起こせると同時に、剣士は魔力の壁で覆われるわけだな。

冷静に状況を観察し、分析。

ただ……心は少し弾んでいた。

未知を理解し、踏破したいという欲求。それは賢者へ至るための資質の一つ。

「驚いたぜ、少しは動けるみたいだが……聖霊剣《グラム》を解放すりゃ、剣技なんてほとんど意味がねえのさ!」

嘲りながらボルトは剣を構える。

「それによぉ……聖霊剣《グラム》にはさらに〝上〟があるんだぜ？　見せつけてやるよ――絶望しろ、俺とお前らのどうしようもない力の差になぁっ！」

その言葉にクラウの顔が青ざめた。

「この人、まさか聖霊まで……⁉　ラグ様、逃げ――」

僕の方を振り向いたクラウの声を遮り、ボルトが告げる。

「熱き岩鬼《アギ・オウガ》――顕現《ゲネシス》！」

彼の叫びに呼応して剣が眩い光を放った。

「これは……」

光の中から溢れ出る〝黒い炎〟。それは僕がよく知っているものだった。

幼い頃、目にした世界の終わり。黒き太陽から溢れ出た炎が、何もかもを呑み込んでいく光景。

どこまで逃げても炎は追ってきた。炎の中からは魔神の眷属《けんぞく》が現れて、抵抗する人たちを狩り取った。

その記憶がまざまざと蘇《よみがえ》る。

「見やがれ！　これが聖霊剣《グラム》の真の力──聖霊の〝影〟を呼び出す秘奥だ！」

誇らしげにボルトが声を上げた。

彼の前には黒い炎を纏《まと》う岩石巨人が、不気味な唸《うな》りを漏らしながら佇《たたず》んでいる。

「これが……聖霊？」

僕は信じられずに呟く。

先ほどまでとは比較にならないほどの魔力がボルトと聖霊を包み込んでいた。

「その通り。聖霊にも、俺にも、タダの斬撃なんて一切通用しねえ。お前らは完全に詰んでんだよ！」

勝ち誇るボルトの前で、黒炎の岩石巨人がクラウに向かって太い右腕を振り上げる。

──いや、違う。これは……聖霊と呼ばれているこの怪物は、魔神と何かしらの繋がりがある存在だ。

この禍々《まがまが》しい黒い炎を見間違えはしない。

空から黒き太陽は消えていたが、魔神はきっとまだどこかにいると確信する。

──なら、僕が千年後に来た意味はある。

災厄を止めるため、魔神を討つ。それが僕の使命。命を救ってくれた師に、唯一報いる方法。

まず倒すべきはこの聖霊。僕は敵に向かって歩き出す。

「告発がどうとか余計なことを言わずに、大人しく剣を差し出しときゃよかったのによ
──もうお前らは生きて帰れねえぜ？　ここで潰れて死ねッ!!」

ボルトが命じると、黒炎を纏った岩の拳が振り下ろされた。

ああ、そうだ。〝降炎《メギド》〟の時もこんな感じだったな。

右目の魔眼を励起《れいき》させつつ、聖霊を見上げる。

僕は追い詰められて、でもどうにもできなくて……諦めかけた時に、あの人は赤髪を靡《なび》かせて現れたのだ。

──今度は僕の番だな。

クラウの前に進み出て、敵を真っ直ぐに見つめた。

視線で魔術の狙いを定め、女神言語《デアスペル》を唱える。

「颪よ断て《エアブレイド》」

放つのは、目には見えない風の斬撃。

強大な魔力を有する聖霊に用いるには、あまり不釣り合いな低位の自然魔術。だが──。

ザンッ!!

肩から切断された聖霊の巨腕が宙を舞う。

岩の腕は落下中に細かな砂に変わり、音を立てて崩れ落ちた。

「馬鹿な……」

啞然とするボルト。

「す、凄い――聖霊の体を斬るなんて……」

後ろからクラウが息を吞む気配も伝わってくる。

――本当に大した術じゃないんだけどな。

低位の魔術に、ただ膨大な魔力を込めただけ。

この聖霊は確かに強固な魔力障壁を有しているが、それ以上の魔力をぶつければ壊れるのは当たり前。

要するにただの力押し。

それにこの聖霊の体は明らかに普通の岩石だ。障壁さえ突破できれば簡単に切断できる。先ほどボルトが〝影〟と言っていたが、あくまでこの聖霊は本体を投影した写し身のようなものなのだろう。

苦笑する僕を見て、ボルトが怯《おび》えの表情を浮かべた。

「お前、何者だ……？　何だその〝眼〟は――」

背後にいるクラウには分からないだろうが、僕の右目には八芒刻印《ソル》の光が浮かび上がっているはずだ。

「そういえば名乗っていなかったね。僕はラグ・ログライン。久遠の地より来た、万象を断つ者だ」

　まがりなりにも魔神の力を用いる〝敵〟だからこそ、偽りなく告げる。

「万象を……断つ？」

「ああ、僕に斬れないものはないよ」

　ただし実剣は使わない。師の杖も飾りのようなもの。

　僕の武器は、この右目。

　最上級の魔導器官である魔眼は、外界の光から魔力を取り込む。

　今は夜なので昼ほどの効率ではないが、それでも魔術の威力はケタ違いと言っていい。

　そして〝出力機能〟も有する魔眼を励起させていれば、胸の内で女神言語《デアスペル》を唱えるだけで魔術は発動する。つまり――。

「ふざけやがって……まだ俺の聖霊は――」

　諦めずに聖霊で攻撃しようとしているボルトへ告げる。

「もう四回斬った」

「は？」

　呆然とするボルトの眼前で、聖霊の体に四本の〝線〟が刻まれた。それは言葉すらなく振るった風刃の斬痕。

ガラガラガラ――。

左腕、右足、左足、胴、首、パーツごとに分断された聖霊の体が崩れ落ち、ボルトの足元に転がる。

「う、あぁ……」

斬り刻まれた聖霊を前にして、ボルトはよろよろと後ずさった。

残ったのは聖霊の体に纏わり付いていた黒い炎だけ。

――炎と岩石が、この聖霊の媒体か。

禍々しい炎が集まり、僕の方に襲い掛かってくるのを見ながら冷静に分析する。

「や、焼き尽くせぇぇぇえっ!!」

追い詰められたボルトの絶叫が響き渡った。

「後は炎を散らせば、この聖霊は実体を保てないはずだね――」

しかも炎を濁らせる〝色〟は、恐らく黒き太陽の魔神に連なるモノ。

ならば、本気を出すことに躊躇《ちゅうちょ》はない。

未来を託された賢者として、神すら断つ刃を振るおう。

集中し、心の内に〝刃《ユピテル》〟を形作る。内面世界で剣を握る。

それこそが師が万能の域に達したと認めた僕の力。僕が開発した新たな概念魔術。

女神言語《デアスペル》によって定義された対象を指定し、確実に切断する形なき剣。

「我が刃よ《エッジ・オブ・ラグ》――禍炎を断て《フレア・スレイヤー》」

女神言語《デアスペル》を唱え、心の中で構えた剣を振り下ろす。

現実世界で僕は指一本動かしていない。だが、その斬撃は魔眼を介して現実へと転写された。

ザンッ――！

形なき炎が〝概念の刃〟によって両断される。

それは存在そのものに刻まれる傷。

「グオォォォオンッ‼」

響き渡る聖霊の断末魔の叫び。

断ち切られた黒炎は、火の粉を血飛沫《ちしぶき》のように散らして消滅した。

「聖霊が……消えた」

上擦った声でクラウが呟く。

バキンッ！

ボルトが手にしていた剣に亀裂が走り、その刀身が砕け散る。

顕現させた聖霊へのダメージは、剣にそのまま反映されるらしい。

「あ、あぁ……俺の、俺の剣が…………………………ひいッ⁉」

呆然と呟く彼だったが、僕が視線を向けると悲鳴を上げて後ずさった。

「くっ……クソったれ！　絶対に……絶対に許さねえからな――ッ‼」

ボルトは身を翻すと、捨《す》て台詞《ぜりふ》を吐いて駆け出そうとする。

だがその時――僕は夜空から落ちてくる銀の光を見た。

ドンッ！

轟音《ごうおん》が響き、逃亡しようとしていたボルトの眼前に大振りの両手剣が突き刺さる。

「は……？」

腰が抜けた様子でボルトは地面に座り込む。

「――待ってよ。勝手に帰ってもらっちゃ困るなぁ、ボルト・オーガストくん」

暗闇の中から声が響き、大外壁の方から飛び降りてきた人影が、地面に突き立つ剣の横に着地した。

それは剣よりも小柄な体躯《たいく》の少女。ストロベリーブロンドの髪を頭の左右で二つに纏め、牡牛《おうし》の角を思わせる髪飾りを付けている。背丈から子供かと思ったが、よく見れば胸の発育がとても良く――大人びた表情には年上な雰囲気も感じられた。

「ス、スバル隊長⁉」

裏返った声でボルトが叫ぶ。

するとクラウまで驚きの声を上げた。

「スバル──スバルってまさか……〝円卓《ラウンズ》〟のスバル・プレアデス⁉」

それを聞いた少女──スバルはクラウにニコリと笑いかけ、地面に刺さった大剣を軽々と引き抜く。

──〝円卓《ラウンズ》〟か。また新しい単語だが、どうやらかなり上の立場の剣士を表す称号か役職みたいだな。

僕はそう考えながらまだ警戒を解かずに彼女を観察した。

もしも戦うことになれば、ボルト以上の強敵になることは確実だろう。

「どうやらわたしの部下が迷惑を掛けてしまったみたいだね。そう、わたしは〝円卓《ラウンズ》〟の一人であり天牛隊《タウルス》の隊長を務めるスバル・プレアデスだよ。聖霊が顕現した気配を感じて駆けつけたんだけど──」

そこでスバルはボルトを見る。ボルトはびくりと体を震わせ、怯えた様子で顔を伏せた。

「とりあえず状況を詳しく説明してもらおうかな」

呆《あき》れ混じりの笑みを浮かべると、スバルは僕とクラウに顔を向けたのだった。

4

「――うん、大体事情は分かった。わたしんとこの馬鹿が迷惑をかけちゃったね」

事情を一通り聞いたスバルは、深く頭を下げる。

「こいつは除籍処分の上で憲兵に突き出すよ。聖霊剣《グラム》の横流しについてはどこまで追及できるかは分からないけど、少なくともこれから君らが通う学院にこいつの居場所はないから安心してね」

頭を上げたスバルは、冷めた眼でボルトを睨んだ。

もはや彼は抗弁する気力もないようで、顔を伏せてガタガタと震えている。よほどこの隊長が怖いのだろう。

「よかった……私たち、ちゃんと学院に入れるんですね！」

クラウは胸を撫《な》で下《お》ろし、喜びの声を上げた。

「もちろんさ。聖霊剣《グラム》を持っているだけで資格は満たしているし、聖霊を〝剣技〟だけで倒してしまう新人たちを逃すつもりはないよ」

頷くスバルだったが、クラウは慌てて首を横に振る。

「あ、私は何もしてません！　聖霊剣《グラム》を解放された時点で歯が立ちませんでしたし……全てラグ様のおかげです！」

「ふぅん……君――ラグくんがねえ。見た感じ、クラウちゃんの方が強そうに思えたけど……」

興味深そうに僕を見たスバルは、ずいっと僕に顔を近づけた。

「……何だい？」

女の子との至近距離に緊張しながら問いかける。

「くんくん……今まで嗅いだことがない感じ。でも……すごくいい匂い。うん……こりゃ本物だ。昂《たかぶ》るね――強い人の匂いがするよ」

「に、匂い？」

鼻を鳴らして匂いを嗅いでくる少女に、さすがに戸惑いを隠せない。

「わたしって匂いを嗅ぐと、何か色んなことが分かっちゃうんだよね。〝嗅覚の勘〟が鋭いっていうのかな――まあ、そんな感じ」

「はあ……」

説明されてもいまいち納得できず、曖昧な相槌を返す。

「とにかく君のことを気に入ったってこと。あ、クラウちゃんも当然いい感じだよ。中に案内してあげるから、わたしについてきて」

「あ、ありがとうございます！」

恐縮しながらも嬉しそうに頷くクラウ。

やはりこのスバルという少女は誰もが知るレベルの有名人なのだろう。

それから僕らは大外壁の門まで引き返し、兵士にボルトを引き渡してから帝都の内側に入った。

「わぁ……！」

クラウが歓声を上げる。

その気持ちは僕も分かった。

もう夜も遅いというのに、石造りの高い建物が並ぶ街路には灯火が溢れている。

遠くに見える城と思われる建物へ続く大通りでは夜市が開かれているらしく、多くの人々が行きかっていた。

スバルはあちこちから声を掛けられ、その度に笑顔で手を振り返している。

こんなにも活気に溢れた街を見たのは初めての経験。

師の魔導具による管理が行き届いたサロニカより文明レベルは退行して見えるが、街の賑《にぎ》わいはこちらが圧倒的に上。

「これが――帝都」

僕らの反応を見て、スバルが得意げに大きな胸を張る。

「その通り！　世界で一番賑やかで、魔物を恐れず生活できる街――それが帝都ハイペリオン。辺境から来た人から見れば、本当に別世界だよね」

クラウは周りの景色に目を奪われながら頷く。

「はい……街の人たちが、みんな安心した顔をしています。魔物をいつも警戒して暮らしていた私の町とは大違いです」

「うん、それもこれも帝都には〝剣帝学院〟があるからだ。学院には〝円卓《ラウンズ》〟を頂点とする十三部隊の聖騎士《パラディン》が所属している。どんな魔物が襲って来ようと、帝都の平和が揺らぐことはないのさ」

そう答えるスバルだったが、そこでわずかに表情を翳《かげ》らせた。

「さっきのボルトも――頼れる仲間の一人だった。信じられないかもしれないけど、最初はあんな奴じゃなかったんだよ？　あれはたぶん、彼の剣が運悪く〝代価〟を要求する類のものだったからだろう」

「代価……」

クラウもどこか思い詰めた顔で呟く。

「――聖霊剣《グラム》を使うのには何かリスクがあるのかな？　僕はこれを手にしたばかりで……」

これぐらいは聞いても大丈夫だろうと、僕は質問してみた。

「いや、基本的にはない。けど聖霊の中には時々意地の悪い奴がいてね。使うたびに何かを〝奪われる〟剣士がいるのさ。ボルトの代価が何かは知らないが、わたしの目にはあいつが段々と〝良心〟を失《な》くしているように見えた」

「聖霊剣《グラム》というのは、思っていたより恐ろしいものなんだね」

もしかしてクラウが聖霊剣《グラム》の力を使わなかった理由もそこにあるのかもしれないと考えながら、真面目な顔で相槌を打つ。

「そう――だから自分の聖霊剣《グラム》がどんな力を持っていて、代価を要求されるものなのかどうかを、しっかり見極めてね？」

そうアドバイスしたスバルは、大きな建物の前で足を止めた。

「わたしが話を通しておくから、今日はこの宿に泊まるといいよ。明日の朝、学院から誰か案内が来るはずさ」

「分かりました！　ありがとうございます！」

クラウは礼を言ってお辞儀をする。

「あ、そうだ一つ忘れてた。君らのことはわたしが学院に登録することになるんだけど、それに当たって聖霊剣《グラム》の〝銘〟を教えてくれるかな？」

ハッと今思い出した様子でスバルは問いかけてきた。

――これの銘だって？

僕は錆びついた師の杖を見下ろす。師匠――リンネ・ガンバンテインは自分の杖を単に〝杖〟としか呼んでいなかった。だから銘など分からない。

どう答えようか迷っていると、先にクラウが口を開く。

「私の聖霊剣《グラム》は〝眩き光竜《ルクシオン》〟といいます」

「了解。じゃあラグくんのは？」

まだ考えは纏まっていなかったが、スバルがこちらを見たのでもう感覚で決めてしまうことにした。

「………〝錆びた鋼《ラスト》〟で、登録してください」

口にしてからこれはどうかと思ったが、改めて手にした杖を眺めると合っているような気もしてくる。

「ふーん、面白い銘だね。錆びついているのにも何か意味があるのかな」

スバルは興味深そうに頷く。

「へえ……ラグ様の聖霊剣《グラム》はそんな銘だったんですか」

クラウもまじまじと僕の手もとを見つめた。

「よし、じゃあそれで登録しとくよ。あと宿の部屋だけど、二人一緒で構わないかな？」

「え？」

突然の質問に硬直。

「ラ、ラグ様と同室ですか⁉　あ、あの……私はその……心の師と仰ぐことを決めた方ですし、構わないですが……」

顔を赤くしながらクラウは僕の方を窺《うかが》ってくる。

——いや、クラウはいいのかよ！

選択権を委ねられて賢者としての冷静さなど一気に吹き飛ぶ。

女の子と同室なんて何をどうしたらいいのか分からない。色んな意味でボロを出さないためにも勘弁して欲しいが、もし部屋が空いていないということであれば断りようがなくなってしまう。

必死にこの事態を乗り切る方法を模索する。

だがスバルはそんな僕らの様子を見て、おかしそうに笑った。

「あははははっ！　冗談だよ。ちゃんと二部屋取るから安心してね」

「あ……冗談だったんですか。寝ている様子を観察すれば、ラグ様の強さの一端を見出《みいだ》せるかもと期待したんですけど……」

クラウは残念そうに肩を落とす。

「——性格が悪いね、スバルさん」

僕は安堵しながら、笑うスバルを睨んだ。

スバルはちゃんと言葉通りに宿の部屋を二つ取ってくれた。

二階の突き当たり、向かい合う部屋の前で、僕とクラウは就寝の挨拶をする。

「今日は本当にありがとうございました。何だか……大変な一日でした」

「そうだね。さっきの戦いのせいで、服も汚れたな」

ボルトが爆発を起こしたり、地面を隆起させたせいで、服は煤と土埃で汚れている。特に接近戦をしたクラウは、鎧の留め具やその下の服が少し焼け焦げていた。

「はい――あはは、結構ボロボロですね。でも明日、学院の制服を貰えるそうですから、むしろそれが楽しみです」

クラウは気にした風もなく笑う。

「じゃあ、おやすみ」

「おやすみなさい」

そうして僕たちは挨拶をして互いの部屋へと入る。

ようやく一人きりになった僕は、杖を壁に立てかけてからベッドに腰を下ろした。

「ふぅ……」

何だか急に疲れが出てきて、大きく息を吐く。

「きゃっ⁉」

その時だ。扉の外──恐らく向かいの部屋から悲鳴が聞こえてきた。続いてガチャンと何が落ちるような物音。

「っ……クラウ⁉」

ボルトの一件があったので何らかの報復の可能性も考え、僕はすぐさま部屋を飛び出す。クラウの部屋には鍵が掛かっておらず、ノブを回すと扉は開き──僕は勢いよく室内へ突入した。

「へ？　ラ、ラグ様……？」

だがそこにいたのは上着を脱ごうとしている最中のクラウ。

「んなっ──」

目の前にある彼女の白い素肌に息を呑む。

上着と一緒に下着もずり上がり、丸く形のいい二つの膨らみが見えそうになっていた。下も白いパンツしか穿《は》いておらず、それはもうほぼ裸といってもいい状態で──。

「わ、悪い──悲鳴が聞こえたから」

「あ……あ、あ……あの、鎧の留め具が切れて……床に落ちちゃいまして……それで驚いて……」

顔を真っ赤に染めながら、クラウは答える。

確かに彼女の足元には、鎧が転がっていた。ボルトとの戦いで留め具がダメージを受けていたのだろう。

「そう……だったのか」

「……心配してくれたんですね。あの、私の方こそ申し訳ありません……」

脱ぎかけの上着を握り、もじもじしながら謝るクラウ。

「いや……そんなことは……えっと……や、火傷《やけど》がなかったみたいで……よかったよ」

この状況で何を言えばいいか分からず、彼女の白い肌を眺めながらそんなことを口走ってしまう。

露《あら》わになった彼女の肢体には火傷は見当たらない。

「は、はい……ラ、ラグ様の……おかげです。それで、あの……」

何か言いたげな彼女を見て、僕はようやくまず何をすべきかを理解する。

「そ、そうだな。すぐに出て行く。改めておやすみ——あと、部屋の鍵はちゃんと掛けておいた方がいいよ」

僕は慌てて後ろを向き、部屋の入り口へと歩き出した。

「わ、分かりました！　おやすみなさい……ラグ様。また明日——」

後ろから聞こえた声に手を振って応え、僕は自分の部屋に戻った。

こうして千年後の世界での最初の一日は終わりを迎える。

瞳に焼き付いたクラウの姿はあまりにも刺激的で、とても眠れる気がしなかったけれ

ど、馬車の移動で疲れていたせいか、暗い個室のベッドに入ると僕の意識はあっという間に眠りの底へ沈んでいった。

＊

夜遅く——様々な後処理と手続きを終え、薄暗い学院の廊下を歩くスバル・プレアデス。

「ふわぁ……」

眠そうに欠伸《あくび》をする彼女だったが、柱の陰から姿を見せた少女を見て、足を止める。

「ん——珍しいね。君がこんなところにいるなんて」

スバルが声を掛けると、少女は苦笑を浮かべた。

暗がりでも彼女の鮮やかな赤髪は炎のように映え、作り物のように整った顔は窓からの月明かりに照らされて普段よりもさらに白く見える。

「〝円卓《ラウンズ》〟の一人が聖霊の顕現を察知して飛び出していったと聞いてな。事態は解決したようだが、原因は何だったんだ？」

「……部下の暴走だよ。新入生から聖霊剣《グラム》を奪おうとしたらしい。まったく、恥ずかしい限りさ」

バツが悪そうな表情でスバルは答えた。

「ふむ、それは確かに君の責任だな。しかし……私はてっきり聖霊の顕現が必要になるほどの魔物が現れたのかと思っていたよ。今日は何故かあちこちで魔物が活発化し、〝監視塔〟からも北の大陸の瘴気《しょうき》が濃くなっていると報告を受けている。〝大魔《デヴォル》〟が襲来してもおかしくない状況だったからな」

深刻な口調で少女は言う。

「北の大陸ならまだしも、こっちにまで〝大魔《デヴォル》〟が？　そんなこと、わたしが生まれてから一度もなかったけど──在り得るのかい？」

「分からないが、今はそれほどの異常事態ということだ。君も心構えはしておけ。それにしても……君の部下を聖霊の顕現まで追い詰めた新入生のことが気になるな」

口元に手を当て、少女は呟く。

「なら明日、見に来たらいいよ」

そう提案するスバルに少女は首を横に振った。

「いや、剣帝直属護衛《クルス》は他の十二部隊からの選抜者で成り立っていて、新入生をいきなり採用することは──」

「分かってるって。だからただの見学。将来有望そうな子をチェックしておくのも有益でしょ？」

スバルはそう言って少女に笑いかける。

「それに実質的な〝円卓《ラウンズ》〟のトップが姿を見せれば、皆もきっと喜ぶよ」

「……そこまで言うのなら」

少女はスバルに押しきられて首を縦に振る。

それを見てスバルは嬉しそうに飛び跳ね、こう言った。

「やった！　じゃあ明日はよろしく、リンネ」

第二章　剣帝学院

1

「……これ、何だか貴族が着る服っぽいな」

翌日、僕は自分の部屋で〝制服〟に袖を通す。

これは一階の酒場で朝食を摂《と》った時、宿の主人から渡されたものだ。

スバルから聞かされてはいたが、学院に入る者は、男女それぞれ決まった服を着なければならないらしい。

「いい生地を使ってるし、汚さないようにしないと」

黒を基調とした制服に着替えた僕は、鏡の前で身だしなみを整える。

コンコン――。

すると部屋にノックの音が響いた。

壁に立て掛けていた師の杖《つえ》〝錆びた鋼《ラスト》〟を手に取ってから、扉を開ける。

「あなたがラグ・ログラインね？」

そう問いかけてきたのは、女性用の学院制服を着た銀髪の少女。

目鼻立ちがはっきりとした勝気な印象の顔立ちで、腰には複雑な意匠が施された長剣を佩《は》いていた。

「ああ、そうだよ」

頷《うなず》くと、少女は僕の格好を上から下まで眺め回す。

「一応準備はできてるみたいね。けど――」

そう言うと彼女は僕の首元に手を伸ばした。

何をされるのかとドキリと身構える。

「ネクタイが緩んでいる上に曲がっているわ。これから他の新入生にも会うんだから、しゃんとしなさいよね」

仕方ないなという顔で制服のネクタイを少女は直してくれた。

「――あ、ありがとう。それで君は……？」

「あたしはリサ・フリージア。リサでいいわ。あなたと同じ新入生で、少し前に帝都へ来たばかりよ。新入生は毎月決まった日に纏《まと》めて入学式を行うんだって。だからあたしは今日まで待たされたってわけ」

少女――リサは自分の名前と立場を告げる。

「じゃあ僕らは本当にちょうどいいタイミングだったってことか。よろしく、リサ。君が学院まで案内してくれるのかい？」

「ええ、あなたと……もう一人の新入生を連れてくるように言われているわ。けど……」

頷くリサだったが、何故《なぜ》かそこで表情を硬くした。

「どうしたんだ？」

「いえ――気にしないで。じゃあ、あなたと一緒に帝都へ来た子を連れてきてくれる？」

「ああ、分かった」

どうして僕の時みたいに自分で声を掛けないのかと疑問を抱きつつ、廊下に出て向かいの部屋の前に立つ。

昨夜の出来事を思い出し、少し顔が熱くなってしまう。

――落ち着け。僕が変に意識していたら、クラウも困るはずだ。

脳裏に刻まれたクラウのあられもない姿を振り払い、僕は部屋の扉をノックした。

「はーい、今行きます！」

すぐに返事があって、制服に着替えたクラウが現れる。

輝くような笑顔には、昨夜のことを気にしている雰囲気はない。忘れた振りだとしても、藪《やぶ》をつつくような真似《まね》はすまいと、僕も平常心で笑みを返す。

「おはよう、クラウ。迎えが来たよ」

「わ！　ラグ様――おはようございます！　すごく制服が似合っていますね！　とても凛々《りり》しくて素敵ですよ！」

「そ、そうか？　クラウも……よく似合ってるよ」

　また顔が熱くなってしまうのを感じながら、僕は彼女に言う。

　お世辞ではなく、貴族が着るような上等な素材の制服は、凛《りん》とした雰囲気のクラウによく似合っていた。加えて女子の制服はスカートで、すらりと伸びる足の長さが際立つ。

「あ、ありがとうございます。褒めていただけてとても嬉《うれ》しいです。それで迎えの方は――」

　照れた様子で頬を掻《か》くクラウだったが、僕の後ろにいるリサを見た途端、動きを止めた。

「リサ――」

「やっぱりあなただったのね、クラウ」

　リサが硬い声でクラウの名前を呼ぶ。

「ん……？　二人は知り合いなのか？」

　急に空気が張りつめたことを感じながら、僕は二人に問いかけた。

「はい――リサは私と同じ町の出身で……大切なお友達です」

　驚きから立ち直ったクラウはそう答えるが、直後にリサは反論する。

「友達？　馬鹿言わないで！　あなたが学院に現れたら、どんな手段を使ってでも排除する。あたしはそう宣言したはずよ」

「だ、だけど、私でも何かできることが――」

「ないわ。クラウは聖騎士《パラディン》として相応《ふさわ》しくない。それは自分でも分かっているはずよ。身の程を弁《わきま》えて、剣を置いて町に帰りなさい」

強い口調で否定し、命令するリサ。

「………嫌」

たじろぎながらも、クラウは首を横に振る。

「クラウ！」

その返事に激昂《げきこう》するリサだったが、僕はそこで会話に割って入った。

「あの――何か事情があるみたいだけど、ここでは止めない？　宿の迷惑になるよ」

他の部屋から顔を出して様子を窺《うかが》っている客を示すと、リサはぐっと奥歯を噛《か》みしめてから僕たちに背中を向ける。

「――ついてきて。学院に案内するわ。それが……あたしの役目だから。でもクラウ、学院に着いた時点で、あなたはあたしの敵よ」

そう言ってリサは歩き出す。

クラウはショックを受けた様子だったが、それでも彼女の後に続いた。

僕もクラウの隣に並んでリサについていく。

宿を出ると、朝の冷たい空気が肺に滑り込んできた。

まだ朝も早いせいか、人通りは少ない。むしろ夜の方が賑《にぎ》わっていたほどだ。

昨日は暗くて分からなかったが、道路は色の違う煉瓦《れんが》で模様が描かれていて、街並みにアクセントを加えている。

そんな綺麗《きれい》に整備された街並みを眺めながら歩いていると、リサは僕の方にだけ目を向けて、事務的な口調で説明を始めた。

「学院の入学式は、ただの形式的な式典じゃないわ。立ち会う〝円卓《ラウンズ》〟の方々――剣帝直属護衛《クルス》を除く十二部隊の隊長に自分の実力をアピールする場よ」

「アピール……？」

どういうことだろうかと僕は聞き返す。

「新入生は十二部隊のいずれかに所属することで、正式に学院の聖騎士《パラディン》として認められるの。寮も各隊で分かれていて、同じ隊の仲間とはそれこそ家族のように生活を共にすることになるわ。ただし――自分で所属する隊は選べない」

分かるわよね、という顔でリサは僕を見た。

「要するに上手《うま》くアピールできないと選んでもらえないこともあるってことか」

「その通り。稀《まれ》なケースではあるみたいだけどね。もしもどこにも選ばれなければ不適格者として聖霊剣《グラム》は没収されるわ」

リサはそこでようやくクラウの方に目を向けた。

「クラウ、あたしは絶対にあなたを聖騎士《パラディン》にはさせない。覚悟しておくことね」

「……っ」

その容赦ない言葉にクラウは唇を嚙みしめる。

また空気がピリつくが、先ほどのような言い争いになる前に僕らは目的地に辿り着く。

そこが学院であろうことは一目で分かった。

高くそびえる時計塔を中心にして三階建ての煉瓦造りの建物が左右対称の配置で並んでいる。

遠くに見えた城と同じく荘厳さを感じるが、こちらはより機能的で実用的な印象を受けた。

まだ早い時間のためか、他に学院生の姿は見当たらない。

「ここがハイネル剣帝学院。控室は……確か、こっちだったかな」

自信がなさそうな様子で歩き出そうとしたリサだったが、すぐにハッとして方向転換をする。

「あっ——間違えた！　こ、こっちよ」

そう訂正して、リサは頼りない足取りで僕たちを先導した。

クラウが僕の肩を叩《たた》いて囁《ささや》く。

「リサはちょっとうっかり屋さんなんですよ」

その声が聞こえたのか、リサは赤い顔でこちらを振り向いて言う。

「あたしも一回しか来たことなくてうろ覚えなだけなんだから！」

悔しそうに言い訳すると、早足になってリサは先へ進んでいった。

僕らも急いで追いかける。

校舎の脇を抜けると、建物に隠されて見えなかった巨大な建造物が目に飛びこんできた。

平べったい円形の建物は、どこか神殿に似た荘厳さがある。

「この〝闘技場〟で入学式は行われるわ。あたしたちは呼ばれるまで控室で待機しているように言われてる」

リサは先ほどのことが恥ずかしかったのか、こちらを向かずに説明した。

――これは闘技場なのか。

僕の時代にもどこかの都市にそんな場所があったと聞くが、実物は見たことがない。

学院の校舎よりも頑丈で立派な造りだが、聖騎士《パラディン》の学院だということを考えればこの闘技場が最も重要な施設なのかもしれない。

リサはそのまま闘技場の中へ入り、長い廊下の先にある部屋の前まで来ると大きく息を吐いた。

「控室に到着よ。これであたしの役目は終わり。入って」

扉を開けたリサに促され、僕とクラウは控室に足を踏み入れる。

そこはロッカーとベンチがあるだけの殺風景な部屋だった。ベンチには制服を着た女子生徒が座っていて、僕らを見ると座ったまま笑みを向けてくる。

「あら──リサとは一度挨拶をしているけれど、あなた方とは初対面ですわね。私はオリヴィア・コーラル。知っているとは思いますけど、〝あの〟コーラル家の三女ですわ」

長い前髪を掻き上げて、彼女は自己紹介をした。

「……？」

だがコーラル家と言われても僕が知るはずもない。

「え、えっと……」

横を見るとクラウまでもが戸惑った表情を浮かべていた。どうやらクラウも知らないようなので、昨日会った〝円卓《ラウンズ》〟のスバルよりは知名度がないらしい。

するとリサが後ろから僕に囁く。

「……要するに貴族よ。適当に合わせておけばいいわ」

その口調から、リサがオリヴィアに対してあまり好感を抱いていないのが伝わってきた。

──ここは助言に従っておくか。

「ああ、〝あの〟コーラル家の──よろしく、僕はラグ・ログラインだ」

知っている風を装って名乗る。

「私はクラウ・エーレンブルグです！」

慌ててクラウも自分の名を告げた。

「ラグとクラウですわね。せっかくの同期なのですから覚えておきますわ。しかし……」

そこでオリヴィアは僕が手にしている杖を訝《いぶか》しげな表情で眺める。

「まさか……その汚い杖のようなものが、あなたの聖霊剣《グラム》なんですの？」

「……そうだよ」

師の杖を汚いと言われて少しカチンと来たが、錆びているのは事実なので頷くに留《とど》めた。

「ふふっ、まさかそんなみすぼらしい聖霊剣《グラム》があるなんて！　私の〝薔薇の魚《ローゼス》〟とは大違いですわ！」

オリヴィアは自分の腰にあるレイピアを示し、堪《こら》え切れないといった様子で笑う。

確かに彼女の聖霊剣《グラム》は鞘《さや》も含めてとても優美な造作だ。柄は赤色の鱗《うろこ》で覆われ、キラキラと光を反射している。

「ちょ、ちょっといくら何でも失礼ですよ！　ラグ様はとてもすごい剣士なんですから！」

クラウが咎《とが》めると、オリヴィアは興味深そうに僕を見た。

「へえ、そうなんですの？　全然そうは見えませんけど。まあ入学式ではせいぜい私の引き立て役になってもらいますわ。双魚隊《ピスケス》に入ることはほぼ決まっていますけど、それなりの実力を示さないと顔が立ちません。間違っても金羊隊《アリエス》や天牛隊《タウルス》なんかに行きたくはありませんから」

「………？」

またもや知らない単語を出されて反応に困る。

するとリサがまた耳打ちしてくれた。どうやらこの子は意外と面倒見がいいようだ。

「──双魚隊《ピスケス》は貴族出身の聖騎士《パラディン》が集まっている隊よ。金羊隊《アリエス》は成り上がりの金持ちが、天牛隊《タウルス》は出自の知れない辺境民が多くて、血統を重んじる貴族には嫌われているの」

僕は彼女に頷きで感謝を伝え、オリヴィアに言う。

「ふうん、その言い方だと入学式では模擬戦でもするのかな」

そう問うとオリヴィアは哀れむような眼《め》を向けて答えた。

「ああ、あなた方はそんなことも知らないんですわね。その時の人数にもよりますけれど、大抵は新入生同士の模擬戦が行われますわ。もし私と当たった時は──運が悪かったと諦めてくださいませ」

オリヴィアは自分の勝利を確信している様子で肩を竦《すく》める。

「……そりゃ残念だ」

腹の立つ言い回しだが、今はリサが言った通り適当に合わせておくべきだろう。

それによく考えれば、彼女に勝つ必要もない。クラウは不満かもしれないが、目立たないようにわざと負けるのも選択肢の一つだ。

──聖霊剣《グラム》には魔神との関わりがある可能性が高い。それを調べるためにも過剰に注目される状況は避けたいな。

そう考えていると、控室にノックの音が響いて扉が開く。

「やっほ〜！　新人ちゃんたち準備はできてる〜？　時間だよー！」

やたら元気のいい女の子が、大きな声で僕らを部屋から出るよう促した。

――制服を着てるし、学院の先輩だな。ん、この肩章は……。

彼女が牡牛《おうし》を模した肩章をつけていることに気付く。もしかすると彼女も天牛隊《タウルス》なのかもしれない。

小柄だったスバルとは違い、彼女は僕とあまり変わらないぐらいの身長だ。ただ、スバルと共通している点が一つだけある。

先輩の少女が動くたびにゆさゆさ揺れる〝豊満な胸〟。そこに視線が吸い寄せられそうになり、慌てて目を逸《そ》らす。

「さあ、こっちこっち〜！」

今にもスキップしそうな軽い足取りで進む彼女に続いて、僕らは入学式の場に向かったのだった。

2

薄暗い通路を抜けると、一気に視界が開けた。

そこは闘技場の内側。天井はなく、朝陽《あさひ》が広大な場内を照らしている。

聖霊剣《グラム》の使用を前提としているからか、とても大きい円形のリングが中央の空間を占め、それを囲むように観客席が設置されていた。

一般の学院生は出席しないらしく、観客席は空っぽだ。だが闘技場の端――リングを見渡せるように作られたと思われる塔の上に、立ち並ぶ人影がある。

ちょうど逆光になっていて、顔はよく見えない。人数を数えてみると……。

「十三人？」

入学式に立ち会う〝円卓《ラウンズ》〟は十二部隊の隊長と聞いていたので、疑問を抱く。

「あははっ！　喜びなよー！　今日は特別に剣帝直属護衛《クルス》の隊長も来てくれてるの～。〝円卓《ラウンズ》〟勢ぞろいなんて滅多に見られないんだからねー」

こちらを振り返り、先輩が小声で言う。

その途端、クラウ、リサ、オリヴィアの表情が固まった。

「う、嘘《うそ》……剣帝直属護衛《クルス》の隊長って、あの……」

「そんな、心の準備が――」

クラウは声を震わせ、リサはそわそわと自分の身だしなみをチェックする。

「こ、これはまたとないチャンスですわ……ぜひ私の力をあの方に見ていただかなければ……！」

オリヴィアまでもが尊敬と畏怖の眼差《まなざ》しを塔の方に向けていた。

——かなりの大物みたいだな。

皆の反応を見る限り、スバル以上の有名人らしい。

いったい誰がその剣帝直属護衛《クルス》の隊長なのだろうかと、目を細めて〝円卓《ラウンズ》〟たちの姿をよく見ようとする。

体格からして男性が五名、女性が八名。一際小柄な少女は恐らくスバルだろう。

だがその隣に立つ女性と思われるシルエットを見て、呼吸を忘れた。

——え？

心臓が跳ねる。

その立ち姿は僕が知る人物によく似ていた。

「さあ、ここに横一列で並んで～」

先輩は塔上の彼らと向かい合う位置に僕らを誘導し、整列を促した。

クラウたちと一定の間隔を開けて並ぶ。移動したことで太陽のある角度が変わり、逆光になっていた〝円卓《ラウンズ》〟たちの顔が判別できるようになる。

皆、若い。年長の者でも二十代だろう。クラウたち新入生も僕と同じぐらいの年に見えることからして、聖騎士《パラディン》には何か年齢制限のようなものがあるのかもしれない。

だが……賢者として冷静な分析をする一方で、僕の心は〝円卓《ラウンズ》〟の中央に立つ女性に奪われていた。

――師匠？

思わず声に出してしまいそうになるのをギリギリで堪える。

驚くべきことにその女性は僕の師であるリンネ・ガンバンテインと瓜二《うりふた》つの容姿をしていた。

あの紅玉のような赤い瞳を、炎のごとき赤髪を、僕はしっかりと覚えている。誰よりも大切で、愛《いと》しい彼女の顔を、忘れるはずがない。

彼女も真《ま》っ直《す》ぐに僕を見つめている。

しかしその視線に、親愛の色は皆無。興味深い対象を観察するような、冷徹な眼差しが僕に突き刺さる。

――似ている。あまりに似すぎている。

けど……師匠なら僕にこんな目は向けない。

それにここは千年後の世界なのだ。いくら〝赤の賢者〟と言えど、生きているはずはなかった。

サロニカの民を守る必要があるため、彼女が自身に時間凍結術式を使うことはなかっただろう。ならばやはり他人の空似か……師匠の遠い子孫だと考えるべき。

――でも、ここまで似るものなのか？

冷静に考えれば別人だが、僕の感情はまだ彼女が師匠である可能性を捨てられずにいた。

そんな葛藤をしている間に、式は始まってしまう。

「ではこれより剣暦一一七年度、第四回ハイネル剣帝学院入学式典を行います」

先輩が先ほどとは打って変わって真面目な口調で告げる。

すると師とそっくりな少女剣士が、一歩前に進み出た。

「偉大なる聖霊に認められし同胞よ、よくぞ来た！　〝円卓《ラウンズ》〟を代表し、剣帝直属護衛《クルス》の隊長を務めるこの私――リンネ・サザンクロスが君たちを歓迎しよう！」

よく通る声で少女――リンネが祝辞を述べる。

「っ……⁉」

動揺を抑えきれず、手にした杖を強く握りしめた。

似ているのは姿だけではなかった。声も全く同じ。さらには名前まで……。

家名は違うとはいえ、こんな偶然があるものだろうか。

――確かめないと。

そうでなければ、もはや収まりがつかない。

できればすぐに塔の上まで飛んで行って、あなたは師匠なのかと問い詰めたかった。

だがそんなことをすれば、学院どころかこの街での居場所を失《な》くしかねない。もし違っていた場合、それ以上の調査を行うことが難しくなってしまう。

ゆえに今はぐっと堪えて、タイミングを計る。

「それでは新入生諸君、〝円卓《ラウンズ》〟の方々に己と剣の名を告げてください」

案内の少女は式典の進行も務めるらしく、僕らにそう促す。順番だと右端に立つオリヴィアが最初で、僕は最後だろう。

「私は高貴なるコーラル家の三女、オリヴィア・コーラルですわ！　聖霊剣《グラム》の銘は〝薔薇の魚《ローゼス》〟――どうかよろしくお願いいたします」

畏《かしこ》まった口調でオリヴィアは名乗った。続いてリサが口を開く。

「あたしはリサ・フリージアといいます。辺境の町、ピレウスから来ました。聖霊剣《グラム》の銘は〝猛き氷狼《グラキエス》〟です」

クラウも塔上の〝円卓《ラウンズ》〟に向けて告げる。

「わ、私もピレウス出身の――ク、クラウ・エーレンブルグです！　聖霊剣《グラム》は〝眩き光竜《ルクシオン》〟という名前です‼」

カチコチに緊張したクラウの自己紹介が終わり、最後は僕の番。

真っ直ぐに師と同じ容姿と名を持つ少女を見つめ、祈るように言う。

「僕は――ラグ・ログライン。銘は〝錆びた鋼《ラスト》〟だよ」

僕の名前を聞くことで何か反応を見せてくれることを、心の片隅で期待する。

少しの変化も見逃すまいと、彼女の表情をじっと観察した。しかし……。

——やっぱりダメか。

全くそれらしい反応がない彼女を見て、息を吐く。

やはりリンネ・サザンクロスは、リンネ・ガンバンテインとは別人なのだろうか。

そうして落胆している間に、式は進んでいった。

「これで入学式典は終わりです。お疲れ様でした！　続いて今から新入生同士で模擬戦を行ってもらいます。その結果を元に〝円卓《ラウンズ》〟内で協議が行われ、配属される隊が決まります。なので頑張ってくださいね～」

その声を聞いて我に返る。

とうとう模擬戦が行われるようだ。

「最初はオリヴィア・コーラルさんと、ラグ・ログラインくん。相手を降参させるかリングアウトさせれば勝ちですよー。リングへどうぞ～」

堅苦しい式典が終わったためか、軽い口調に戻った進行役の先輩が僕らの名前を呼ぶ。

「ふふ、あなたが相手でしたか。本当に運がありませんわね」

オリヴィアは同情の眼差しを僕に向け、先にリングへ上がる。

——模擬戦か。

僕は杖を握りしめて、リング上へ足を踏み入れる。

リングは普通の石ではなく、少し光沢のある青みがかった硬質な〝何か〟で出来ていた。知らない物質だ。これも聖霊剣《グラム》の力によるものだろうか。

恐らく相当頑丈なものなのだろうと考えつつ、僕はリング上でオリヴィアと相対する。

オリヴィアは鞘からレイピアを抜き、優雅な所作で構えを取った。

僕も師匠のところで最低限の剣術は教わっていたので、彼女がきちんと剣の修練を積んでいることは分かる。クラウはあまりに常人離れした動きだったが、オリヴィアが相手ならば魔術を加減して、いい勝負に見せかけることもできそうだ。

目立つことを避けるのなら、そのまま負けるのも一つの手。先ほどまではそう思っていた。だが……。

――悪いな。今は逆に、誰よりも目立つ必要がある。

胸の内でオリヴィアに詫《わ》びる。

「それでは、始め！」

先輩が開始の号令を告げると同時に、オリヴィアは鋭く叫んだ。

「お目覚めなさい――薔薇の魚《ローゼス》！」

彼女のレイピアから魔力が解き放たれ、その周囲は強固な障壁で覆われる。

さらに聖霊剣《グラム》の刀身には、水で出来た茨が巻きつき、長く伸びた蔓《つる》は鞭《むち》のようにしなった。

あれが彼女の持つ聖霊剣《グラム》の能力なのだろう。既にかなり剣を使い熟《つかこな》している様子だ。

横目で見ると、円卓《ラウンズ》たちはオリヴィアに注目していた。彼女以上に目立つためには、少しばかり〝はったり〟が必要そうだった。

「綺麗な剣だね」

「っ……あ、当たり前ですわ。この私が使う剣ですもの。あなたのみすぼらしい剣とは違いますわ」

褒められることにあまり慣れていなかったのか、少し動揺した様子で彼女は答える。

「酷《ひど》い言いようだ。これを評価するのは、力を解放した姿を見てからにしてくれないかな」

そう言って僕はこの世界に来て初めて武器を――師匠の杖を構える。

この杖の機能は、防御結界を展開することだけ。力を解放すると言っても、聖霊剣《グラム》ですらない。

けれど魔術を知らない人間に、魔導具と聖霊剣《グラム》の区別はつかないはずだ。

だから僕は、皆にこの杖が強力な聖霊剣《グラム》であると錯覚させよう。

今やるべきは、聖騎士《パラディン》としてこれ以上ない力を示すこと。

「目覚めろ――錆びた鋼《ラスト》」

力強く〝必要のない掛け声〟を上げ、手にした杖に魔力を流し込む。

その瞬間、杖が眩く光り輝いた。

ドウンッ！

大気を震わせる轟音《ごうおん》。杖を掲げた僕を中心に太い光の柱が立ち昇る。

この光柱は外部からの干渉を阻む防御結界。最初に魔導具を使ってみた時と同じ現象。

けれど多量の魔力を使うことで、結界の規模と強度は段違いに増していた。

その光景はまるで……。

「な……何て大きな……光の剣」

呆然《ぼうぜん》とオリヴィアが呟《つぶや》く。

そう、長く伸びる結界の光柱は、天を衝《つ》く剣のようにも見えた。

ただの結界も使いようだ。力を解放しても剣自体の形状は変わらないことは、ボルトやオリヴィアの聖霊剣《グラム》で分かっている。だから皆と同じような掛け声で結界を展開すれば、聖霊剣《グラム》の解放を偽装するのは容易《たやす》い。

「で、でもそんな巨大な剣でどう戦うつもりですの？　闘技場が滅茶苦茶《めちゃくちゃ》になってしまいますわよ？」

気圧《けお》されながらもオリヴィアはそう問いかけてくる。

「これを振り回す必要はないさ。僕はただここに立っているだけでいい」

魔導具へさらに魔力を注ぐ。杖が輝き、光柱が一気に膨らんだ。

「きゃあっ⁉」

拡大した結界にオリヴィアは弾《はじ》き飛《と》ばされる。

「っ……⁉　まさかまだ大きく――これではもう場所が……」

オリヴィアはリングの縁ギリギリで踏《ふ》み止《とど》まり、愕然《がくぜん》とした顔で僕を見た。

師匠の杖を中心に展開した結界は、もはやリングを覆い尽くそうとしていた。オリヴィアが立っていられる場所はほとんど残っていない。

「そ、そんな……私が、負け――」

結界に剣を突き立て、必死に抵抗する彼女だったが、そのままじりじりとリングの外まで押し出されていく。

「あ」

リングから落ち、尻餅をつくオリヴィア。

それを見届けた僕は杖への魔力注入を止める。

まだ展開していた結界は、光り輝く魔力の粒子となって消失した。

彼女が本来の力を見せる機会を奪ったことに少し申し訳ない想《おも》いを抱きつつ、僕はリングの端に近づく。

「ごめん、大丈夫かい？」

屈《かが》み込《こ》んで手を差し出す。

「何なんですの……今のは？　あれが、あなたの剣の力……？」

こちらを見上げ、呆然と問いかけてくるオリヴィア。

「ああ」

剣ではなく杖だけど、と胸の中で付け加えて頷く。

それを聞いたオリヴィアは深々と息を吐いた。

「私の……完全な敗北……ですわね。あなたの剣——とても美しかったですわ」

悔しさを滲《にじ》ませながらも、どこか開き直った表情でオリヴィアは僕の手を取った。

「しょ、勝者、ラグ・ログライン！」

そこで我に返ったように進行役の先輩が僕の勝利を宣言した。

「ラグ様、さすがです！　昨日は聖霊剣《グラム》の使い方を知らなかったのに、いつの間にか力を解放できるようになったんですね！」

クラウが嬉しそうに拍手をする。

「……まあね」

素直な彼女に嘘を吐くのは心苦しいが、そういうことにしておく。

「何……今の。剣の力を解放しただけであんな規模の〝壁〟を展開するなんて……そんなこと在り得るの？」

リサが上擦った声で呟き、塔の上からもざわめきが聞こえてくる。

――あ、あれ？　もしかしてやりすぎたか？

単に結界で押し出しただけなのだが……聖騎士《パラディン》としての常識を破ってしまったような雰囲気がある。

――いや、でも今回はそれぐらいでちょうどいい。

どよめく人々の中でただ一人完全に平静を保っている〝円卓《ラウンズ》〟――リンネ・サザンクロスを僕は真っ直ぐに見つめた。

「申し訳ないけど、彼女相手では僕の力を十分に見せられない。もっと強い相手と戦わせて欲しいな」

挑発の色を混ぜて僕は言う。

するとリンネは不敵な笑みを浮かべた。

「――生意気な新入生だ。天牛隊《タウルス》第九席の聖霊を斬ったという話は本当だったか。さらに聖霊剣《グラム》の力も規格外……今期の〝首席〟にもなりえる実力だな。それで誰と戦いたいと言うのだ？」

凛とした声と柔らかな口調は、やはり僕の師とそっくり。

けれど彼女が目を細めた途端、背筋に悪寒が走る。

剣気――とでもいうのだろうか。僕を射抜く眼差しは、もはや刃《やいば》の切っ先に等しい。

〝円卓《ラウンズ》〟が聖騎士《パラディン》の頂点なら、彼女は現世界最強の一人。その力は計り知れない。僕とオリヴィアの戦いを見て何も反応を見せないのも不気味だ。

そんな相手に挑むのは決して〝賢い〟選択ではないだろう。

しかし今、彼女とコミュニケーションを取る方法は他になかった。

「もちろん、あなただよ。リンネ・サザンクロス」

近くにいたオリヴィア、リング外にいたクラウ、リサは顔を蒼白《そうはく》にし、塔上に居並ぶ〝円卓《ラウンズ》〟たちからは敵意に近い視線が向けられる。

――さて、どうなるか。

ごくりと唾を呑《の》み込《こ》み、彼女の反応を待つ。

リンネは何か言おうとした他の〝円卓《ラウンズ》〟を身振りで制してから、僕に向かって口を開く。

「自分の立場を弁えろ。必要もなく刃を振るうほど、私の剣は安くない」

彼女の鋭い声が僕の要望を斬って捨てた。

――やっぱりダメか。

さすがに無茶な要望だったかと溜息《ためいき》を吐く。

「だが……私も君には興味がある。然《しか》るべき時であれば、手合わせをしてやろう」

続く言葉に、僕はハッとして聞き返した。

「然るべき時？」

「剣帝直属護衛《クルス》は他の十二部隊から優秀な者を選抜して構成される特別な部隊だ。全隊合同の試験で〝首席〟となった者は、私自ら実力を確かめることにしている。君がその位置まで登り詰めることができたなら、必然的に刃を交えることになるさ」

リンネは僕に挑発的な笑みを向ける。

──ここまで登ってこいということか。

それが彼女と関わるための手段だというのなら、乗るしかない。聖霊のことも含めて学院に留まる理由がどんどん増えていく。今後はさらに注意して聖騎士《パラディン》の振りをしていく必要がありそうだ。

「そういうことなら分かった。なるべく早く、あなたに会いに行くよ」

僕も笑みを返し、師とよく似た少女に熱を込めて告げた。

「む……」

そこで初めてリンネはわずかに表情を揺らす。

それがどんな感情によるものかは分からないまま、僕はリングを降りた。

3

次の模擬戦は、クラウとリサの番。

リングに上がった彼女たちは、それぞれの聖霊剣《グラム》を抜いて向き合っている。

「じーっ…………」

　隣で三角座りをしているオリヴィアが先ほどから僕を見つめてくることに居心地の悪さを感じつつ、僕は相対する二人の少女を眺める。

「戦いを始める前に、円卓《ラウンズ》の方々へ申し上げておきたいことがあります」

　リサはクラウから目を離さぬまま、大きな声で言う。

「リサ……」

　クラウは悲しそうな表情を浮かべたが、リサを止めることはしなかった。

「あたしとクラウは幼馴染《おさななじみ》です。協力して聖霊の試練を突破し、それぞれ聖霊剣《グラム》を授かりました。だから知っています……彼女が聖騎士《パラディン》として使い物にならないことを」

　リサの言葉に塔上の〝円卓《ラウンズ》〟たちは眉を寄せる。

「えっと、どういうことなのかな～？」

　進行役の先輩が皆を代弁する形でリサに問いかけた。

「クラウの聖霊剣《グラム》は使用に大きな代価を必要とします。魔物との戦いでまともに運用できるものではありません。ゆえにあたしは彼女に聖騎士《パラディン》の資格はないと考えます。彼女の聖霊剣《グラム》は今すぐ取り上げるべきです！」

　――そういうことだったのか。

　やはりクラウの聖霊剣《グラム》は代価が要る類のものだったらしい。しかもリサの口ぶりからすると相当大きな代価のように思える。

「それは君が決めることじゃないね、リサちゃん」

そこでスバルが一歩前に出て口を開いた。

「新入生の処遇は〝円卓《ラウンズ》〟の会議で決定される。だから模擬戦はちゃんと行ってもらうよ。ただ——代価のせいでわたしのところから除籍者が出たばかりだし、聞いた以上は確かめておかなきゃいけない」

スバルはそう言ってクラウに視線を移す。

「クラウちゃん、あなたの聖霊剣《グラム》の代価を教えてくれるかな？」

その質問にクラウは一度深呼吸をしてから、覚悟を決めた顔で答えた。

「時間です」

「時間？　老化とか、そういうこと？」

「いえ、単純に私の人生における時間ということです。聖霊剣《グラム》の力を使うと、私は眠りに落ちて長い時間目覚めなくなってしまいます。つまりその間の時を失うということですね」

クラウの返答を聞いたスバルは眉を寄せる。

「それは確かにリスクが大きいね。戦場のど真ん中でいきなり眠られたら、すっごい足手まといだ」

話に耳を傾けていた僕もスバルの意見には同意だった。ただ……。

──どうして代価の必要な聖霊剣《グラム》とそうでない聖霊剣《グラム》があるんだ？

そこが非常に引っかかる。

あと、クラウの返答も大方予想できていた。

「はい、分かっています。ですから私は、可能な限り聖霊剣《グラム》の力を使わずに〝剣技〟だけで戦うつもりです。いざと言う時も一発きりの切り札として使い道はあるでしょう」

揺らがずに答えるクラウ。彼女ならこう言うだろうと思っていた台詞《せりふ》。

彼女に覚悟を固めさせたのは、恐らく僕だ。

僕の魔術を見たせいで、聖霊剣《グラム》の力を用いずともそこまで到達できると彼女は勘違いしている。

──責任を感じるね。

剣技は教えられないが、心の師匠として何かしてやりたい気持ちになった。

クラウの眼差しを受け止めたスバルは、大きく頷く。

「クラウちゃんの言い分は分かったよ。模擬戦の結果と合わせて、君の処遇は議論させてもらうね」

「ありがとうございます……！」

公平な判断にホッとした表情を浮かべるクラウ。対してリサの顔は険しくなった。

「じゃあ、始めて」

スバルに促され、進行役の先輩が手を挙げる。

「了解～。ではでは、二人とも用意はいい？」

クラウとリサは無言で頷いた。

「始めっ!!」

合図の声が響いた瞬間、クラウの姿が掻き消える。

――まさか。

彼女の行動を予測して視線を移せば、既に彼女はリサの背後に移動していた。

空間転移でもしたかのような動き。

魔術めいた速度を体術のみで実現したクラウは、剣をリサの首に突きつけようとするが
――。

「甘いっ！」

リサは体を捻《ね》じり、回転の勢いを乗せた剣でクラウの剣を弾く。

「どれだけ一緒に鍛錬したと思ってるのよ！　あんたの考えなんてお見通しよ！」

そして激しい剣撃が繰り広げられる。

リサも相当な腕前だ。クラウの剣に反応できている時点で、昨日のボルトより剣技では上だろう。

だがそれでもクラウの剣技は次元が違う。

リサはクラウの動きを予測することで凌《しの》いでいるようだが、明らかに劣勢だった。

しかしリサは不敵な笑みを浮かべて言う。

「クラウ、あんたの〝限界〟を教えてあげるわ！」

鍔迫《つばぜ》り合《あ》いをしながら彼女は高らかに告げた。

「目覚めて――〝猛き氷狼《グラキエス》〟！」

「っ⁉」

その瞬間、クラウは大きく後ろに弾き飛ばされる。

ブワッとリサの方から冷たい風が吹きつけてきて、反射的に体が震えた。

――ボルトの時と同じだ。

聖霊剣《グラム》は光を放ち、刀身から溢《あふ》れ出《で》る膨大な魔力が彼女の全身を覆っている。

「やあっ‼」

クラウが凄《すさ》まじい速度で踏み込み、刃を奔《はし》らせた。

「もう何をしても無駄よ」

だがリサは防御体勢すら取らない。それなのにクラウの剣は彼女に到達する前に弾かれる。

――魔力障壁だな。

「無駄だって言ってるでしょ！」

　リサが剣を振るうと、刀身から放たれた光が青い刃となってクラウを襲う。

「くっ⁉」

　ギリギリで回避するクラウだったが、彼女の制服の端は霜で覆われていた。

　――ボルトは火と地面を操っていたが、リサの聖霊剣《グラム》は氷の魔術みたいな現象を起こせるのか。

　今のところ魔神を連想させる黒い炎は見えない。

　だがこのままでは昨日と同じく、クラウには勝ち目がないだろう。

　驚異的な身のこなしでリサの攻撃を躱《かわ》しているが、反撃の刃はことごとく魔力障壁に阻まれている。

「いい加減に諦めて。どれだけ剣技に秀でていても大型の魔物は倒せないし、あたしの〝壁〟も壊せない」

　リサは冷たい声でクラウに言う。

　先ほどもそうだったが、どうやら聖騎士《パラディン》は魔力障壁のことを単に〝壁〟と呼んでいるようだ。

「北の大陸にいる強い魔物――〝大魔《デヴォル》〟も〝壁〟を持ってるって話よ。あなたが聖騎士《パラディン》として役に立てることは何もないの」

「そんなこと……ない！」

凍《い》てつく冷気の中で白い息を吐き、クラウはリサの言葉を否定した。

「私だって、何かを守れる。聖霊剣《グラム》の力があれば、誰かを救える瞬間がきっとある。だから私はこの剣を手放さないし、聖騎士《パラディン》になることも諦めない！」

「分からず屋！　なんでそこまで――」

「だって……私にはこれしかないから！　剣でしか、誰かを笑顔にできないから！」

必死なクラウの言葉に、心臓が跳ねる。

――笑顔。

それは僕にとって特別な言葉だった。

『ラグ――私は君に、大勢の人を笑顔にできる偉大な賢者になって欲しいんだ』

師は僕を千年後に送る前、そう言った。

何かを守れと命じるのではなく、僕が〝理想の姿〟で在って欲しいと望んでくれた。

なら、納得するしかない。断れるわけがない。

これが、僕が今ここにいる一番の理由。

だから……誰かを笑顔にしたいというクラウの望みを僕は笑わない。

――考えろ。本当にクラウには勝ち目がないか？

自問する。目の前で起きていること全てを分析し、可能性を探る。

魔力障壁は、通常の攻撃では破れない。これは揺るがない事実。

通じるのは魔力を帯びた攻撃だけ。

ならば……クラウにもチャンスはあるはずだ。

僕はクラウの持つ白い長剣を右の魔眼で見つめた。

力を解放していない聖霊剣《グラム》でも、ほんのわずかだが魔力を感じる。

その微小な魔力を上手く使えれば――。

「クラウ」

冷気の刃から逃れ、リングの端まで追い詰められた彼女に呼びかけた。

「え？　ラグ様？」

彼女はちらりとこちらに目を向けて、戸惑いの言葉を漏らす。

「見えない〝壁〟を斬り裂くには、見えない剣が要る。心の中でも剣を持て。全てを断つ鋭い刃を想像しろ」

それは〝刃〟の概念魔術を使うためのプロセス。

本来、この世界には地水火風などの自然属性の魔術しか存在しなかった。

けれど秀でた魔術師は、魔力で編み上げた〝己の一部〟で理《ことわり》そのものに干渉しようと試みた。

その無謀とも言える試みを成し遂げたのが、五人の賢者。

賢者たちの起こした奇跡は世界に刻まれた傷となり、彼らを真似ることで他の魔術師も限定的に理へ干渉する魔術が使えるようになった。

それこそが概念魔術。

そして六人目にして最後の賢者である僕も、この世界に新たな〝刃〟の概念魔術をもたらした。

ゆえに僕のやり方を真似れば、魔力を刃の形に研ぎ澄ませることができるかもしれない。

この世界には、その下地がある。

「見えない剣……」

クラウはリサの方に向き直って呟く。

「ああ、そして仮想の剣を実体の剣と重ねて振るうんだ。大丈夫――クラウならきっとできる」

彼女の背に向けて、優しく告げた。

これは疑似的な概念魔術の行使。

本来であれば、聖霊剣《グラム》の魔力は未知の理で駆動する力の源だ。それを魔術に用いることはできないだろう。そして魔力を持たないクラウ自身も魔術は使えない。

けれど今の状態――解放されていない聖霊剣《グラム》から漏れ出る魔力は、何に使われるでもなくただ霧散しているだけ。

そのわずかな魔力を転用し、僕の精神集中を模倣することで、概念魔術が発動する可能性はあった。

「不安ならこう唱えるといい。彼の刃よ《エッジ・オブ・ラグ》――君に勝利をもたらすおまじないだ」

〝僕の概念魔術〟を示す女神言語《デアスペル》を伝える。

まがりなりにも彼女の師としてできる、これが精一杯の助言。

師も僕によく言ってくれた。君ならきっとできると。

けれどそれに応えられるかどうかは、結局のところ当人次第。

「分かりました、やってみます」

クラウの声に覇気が宿る。

「ありがとうございます――――師匠」

あえて彼女は僕を師と呼び、静かに剣を構え直した。

「何か助言を貰《もら》っていたみたいだけど、まだどうにかなると思ってるの？」

リサが苛立《いらだ》たし気に言うが、クラウは何も反応しない。

既に彼女は深い集中に入っている。

「彼の刃よ《エッジ・オブ・ラグ》」

クラウが祈るように告げる。

すると聖霊剣《グラム》から淡く漏れ出るだけだった魔力が、細い糸のように絡み合い、刀身を覆っていく。

その様子を僕の魔眼はしっかりと捉えていた。

けれどリサにはクラウが何をしているか、分かるはずもない。

「これで終わらせてあげる。剣を握れない体になっても恨まないでよね。一生眠り続けるよりは絶対マシなはずなんだから！」

そう言ってリサは聖霊剣《グラム》を大上段に構える。

青白い光が刀身を包み、溢れ出る冷気が彼女の足元を凍てつかせた。

恐らく逃げ場のない広範囲の攻撃を放つつもりなのだろう。

その寸前で、クラウは動く。

視界から彼女の姿が消えた。剣の形に編み上げられた魔力の残像だけが、僕の魔眼に映る。

その軌跡を追って視線を動かすと、既にリサの懐まで入り込んだクラウの姿があった。

まさに神速の踏み込み。

「っ⁉」

驚きに目を見開くリサだったが、自分にはクラウの攻撃が通用しないと分かっているため、構わず冷気を纏わせた剣を振り下ろす。

クラウも裂帛《れっぱく》の気合と共に剣を奔らせた。

「はぁッ!!」

煌《きらめ》く銀閃《ぎんせん》。

キィイイイン!

甲高い金属音が響き渡る。

くるくると長剣が宙を舞っていた。

その剣はリサが手にしていたはずの〝猛き氷狼《グラキエス》〟。

「なっ……」

信じられないという表情で、リサは空っぽになった手の中を見つめる。

けれど、僕の魔眼は何が起きたかをはっきり捉えていた。

クラウの聖霊剣《グラム》の刀身を包み込んでいるのは、わずかな魔力で作り上げた薄く鋭い〝刃〟の概念魔術。

その刃がリサの魔力障壁を斬り裂き、彼女の手から聖霊剣《グラム》を叩き落としたのだ。

無防備になったリサにクラウは剣を突きつける。

「ごめんね、リサ」

心から申し訳なさそうに謝るクラウ。

「…………謝らないでよ。あたしは、許す気なんてないんだから」

自分の敗北を悟ったリサは、悔しそうに呟いた。

「勝者、クラウ・エーレンブルグ！」

進行役の先輩が勝者の名を叫ぶ。

するとクラウは剣を鞘に納め、真っ直ぐに僕の方へ駆けてきた。

「ラグ様っ！」

「お、おいっ⁉」

リングの端からジャンプして飛びついてきた彼女を、慌てて受け止める。

かなりのスピードだったはずだが、クラウの優れた体幹がなせる業《わざ》か――衝撃はほとんどなかった。

代わりに顔を包み込む柔らかで温かな感触と、鼻腔《びこう》から流れ込む甘い香りの刺激に、脳の奥が痺《しび》れる。

――ちょっ⁉　こ、これってまさかクラウの胸……⁉

抱きつかれた勢いで僕の顔はクラウの胸に埋もれていた。

「ありがとうございます！　ラグ様のおかげで勝てました！　やっぱりラグ様は凄《すご》い剣士で、最高の師匠です！」

さらに強く抱きしめられて、胸の柔らかさが鮮明に伝わってくる。

「これにて模擬戦は終了～！　新入生は控室に戻って待機しててね～！」

その声を遠く聞きながら、師匠というのは思った以上に大変なのだと僕は実感していた。

＊

「ねえ、リンネ。クラウちゃんのこと――どう思う？」

喜ぶ少女を塔の上から眺めながら、スバル・プレアデスはリンネ・サザンクロスに問いかけた。

「素直に驚いたよ。まさか、勝つとは思わなかった。けれど結局、代価が大きすぎて聖霊剣《グラム》を解放できないのであれば、並の聖騎士《パラディン》以下だ」

リンネは冷めた口調で答える。

「そうかなー？　わたしはあの子、わりと活躍してくれる気がするんだけどな。っていうかリンネ、何だか不機嫌？」

「別に」

短く答えるリンネだったが、その眼差しはクラウに抱き付かれている少年に向けられていた。

「私に会いに行くと言っておきながら、あの体たらくか。女にうつつを抜かしているようでは先が思いやられるな」

「あ、やっぱりリンネはラグくんが気になってるんだ」

スバルの言葉にリンネはますます仏頂面になる。

「――そんなことはない」

短く答えて彼女は身を翻した。

「ただ……色々と有益な視察にはなったよ。予定があるので、私はここで失礼させてもらう」

「了解ー。ラグくんのことは定期的に報告するね」

「いらん」

手を振るスバルにリンネは振り返らないまま返事をした。

＊

帝国領、北端。

断崖になった岬の上に作られた高い建造物は、魔物たちの巣窟である北の大陸を見張る監視塔。

天気のいい日であれば北の地が薄《うっす》らと見えるが、昨夜から出た霧が今も海を覆っている。

そのため――発見は遅れた。

「何だ……あれは」

霧の向こうに現れた幾多もの〝空飛ぶ巨大な影〟を目にして、見張りの兵士は息を呑む。

だが自問するまでもなく彼は分かっていた。

あれは魔物だと。しかも帝国領ではほとんど見かけない大型飛行種。

「っ――すぐに帝都へ連絡を！」

彼は急いで伝令の早馬を送り出す。恐らくもう間に合わないと悟りながら。

監視塔には常駐の聖騎士《パラディン》がいるが、それだけで押し留められる数の魔物ではない。

ここで死ぬのかと兵士は絶望する。

だが――海を越えてきた魔物の群れは、監視塔を無視してその上空を通り過ぎていく。

さらに伝令の早馬も追い抜いて、魔物の群れは往く。

こちらに目もくれない魔物たちを見て、兵士は戦慄した。

「奴《やつ》ら、帝都に向かう気だ……！」

掠《かす》れた声で彼は呟く。

魔物たちは一匹たりとも寄り道をすることなく、帝都の方角へ向かっていた。

まるで――そこに明確な〝目標〟があるかのように。

第三章　天を貫く竜の息吹

1

「今回の新入生は、全員わたしの天牛隊《タウルス》で預かることになったよ。これからよろしくねー」

入学式からしばらくして控室に現れたスバル・プレアデスは、朗らかな笑顔でそう告げた。

「やった……！　やりました!!　ラグ様、私も学院に入れましたよ！」

クラウが歓声を上げ、僕の手を握りしめてくる。

「――おめでとう、クラウ」

先ほど抱きつかれた時の感触がまだ顔に残っていた僕は、正面から彼女と目を合わせることができなかったが、上擦った声で何とか祝福の言葉を返す。

しかし模擬戦での敗北組からは溜息《ためいき》が零《こぼ》れた。

「そう……クラウと同じ隊なのね」

リサは複雑そうな表情を浮かべて呟《つぶや》く。

「あぁっ……！　やはりあの体たらくでは双魚隊《ピスケス》には選ばれませんでしたか……けれど彼

と一緒というのは少し嬉《うれ》しいような……いえ、でもお母様やお姉様方に何と言えば……私はこの先どうしたらいいんですのー！」

ぶつぶつ呟いた後、頭を抱えるオリヴィア。

そんな反応にスバルは苦笑を浮かべる。

「まあまあこれも運命だって。とんでもない力を見せたラグくんは別格だけど、他のみんなのこともわたしは評価してたよ？　全員が天牛隊《タウルス》になったのは、色々あってうちの隊員が少ないから融通してもらった部分もあるし」

肩を竦《すく》めて選考の内情を軽い口調で語るスバル。

「そ、そうだったんですね……負けはしたけど実力は認めていただけたのなら嬉しいです」

リサは少し照れた顔で機嫌を直す。

「どちらにせよ双魚隊《ビスケス》からのオファーは来てなさそうですが……それで何とか実家への言い訳は立ちそうな気がしますわ」

オリヴィアはちょっと安堵《あんど》した顔になった。

「スバルさん、選んでくれてありがとうございます！　あ……これからはスバル隊長ですね！」

クラウは元気よく礼を言う。

「はは、別にスバルさんでいいよ。堅苦しいのは嫌いなんだ」

それを聞いて僕も口を開いた。

「じゃあスバル、これからよろしく」

「……君は少し、馴《な》れ馴《な》れし過ぎるとは思うけどね」

冗談半分な口調でじろりと睨《にら》まれるが、僕は素知らぬ顔で受け流す。

僕が敬うのはただ一人――師、リンネ・ガンバンテインだけ。幼稚な拘《こだわ》りだという自覚はあるけれど、今のところ他の人間に敬語を使うつもりはなかった。

「まあいいや、早速最初の授業をするからついてきて」

特に気分を害した様子もなく、スバルは僕らを促した。

皆、それぞれの聖霊剣《グラム》を手に後に続く。

闘技場を出ると学院にはちらほらと他の生徒の姿があり、こちらに興味深そうな視線を向けてきた。

スバルは彼らにひらひら手を振って挨拶をし、学院の校舎へ僕らを誘《いざな》う。

時計塔を中心とした三階建ての校舎は改めて見ても立派だ。僕の時代にあった女神を祀《まつ》る聖堂のような荘厳ささえ感じる。

中に入ると少しひんやりとした空気が頬を撫《な》でた。玄関口の正面には大きな掲示板があり、そこに様々な張り紙がされている。

学院からの連絡事項だけでなく、課外活動をする仲間を募集する張り紙もあった。

スバルは掲示板横の階段を上り、そのまま三階へ僕らを連れて行き、第一講義室と記された部屋の扉を開ける。

そこはかなり広い教室だった。教壇を囲むようにして二人掛けの席が扇状に配置されている。席は階段状になっていて、何だか少し先ほどの闘技場を思い出す構造だ。

横一面の壁が窓なので、廊下よりもかなり明るい。

「特に座席は決まってないから適当に座ってねー」

スバルに促されると、オリヴィアは真っ先に教壇正面最前列の席に座った。

「私はここにしますわ！」

——確かに前の方に座った方が心証はいいよな。

最初はしっかりやる気を見せておいた方がいいかと思い、僕は窓際最前列の席に移動する。

「ラグ様、お隣いいですか？」

後をついてきたクラウが、期待に満ちた顔で問いかけてきた。

二人掛けの席なので確かにスペースは空いている。

「ああ、いいよ」

「ありがとうございます！」

嬉しそうに僕の隣に座るクラウ。

「じゃあ、あたしはここで」

その様子を見ていたリサは、廊下側の最前列の席に座った。あえてクラウと距離を取ったのだろう。

僕らが着席したのを確認し、スバルは教卓に手をついて少し背伸びをしながら言う。

「改めて——入学おめでとう。わたし、天牛隊《タウルス》隊長のスバル・プレアデスは君たちを心から歓迎するよ。わたし、学院に入学した生徒は、配属された各隊のルール、学習・鍛錬スケジュールに従って生活してもらうことになる。この教室も、必要に応じて各隊が申請して使用するって感じだね」

「あ——私の町の学校みたいに、生徒全員が同じ時間に登校して授業を受けるんじゃないんですね」

クラウの言葉にスバルは頷《うなず》く。

「うん。定期的に合同訓練や試験はするけれど、それ以外で他の隊との関わりは少ないかな。君たち四人はしばらくの間、同じスケジュールで動いてもらうことになる。教師役を担うのはわたしも含めた基礎課程を修了している天牛隊《タウルス》の先輩たちだ。時間割りは明日の朝までには作っておくから待っててね」

「各隊が一つの学校みたいなものなのね……」

リサが、感心した様子で呟いた。

「そういうこと。というわけで本格的な授業は明日からになるんだけど、今日はまず君たちに自己紹介をしてもらおうかな」

スバルは頷き、これからやるべきことを告げる。

けれどそれを聞いたオリヴィアが疑問の声を上げた。

「自己紹介……ですの？　名前も、聖霊剣《グラム》の銘と力も、先ほどの試験で披露したと思うのですが？」

「ああ、そうだね。さっきは君たちの現在の実力を見せてもらった。今から聞きたいのはそれ以外の部分――わたしは君たちの人となりを知りたいのさ」

スバルはそう答えて僕らに笑いかける。

「だから自分の名前を言った後に、憧れの人と特技を教えて欲しいな。あ、他にアピールしたいことがあったら、何でも言っていいからね！」

前置きをしてから、スバルはビシリとリサを指差す。

「じゃあまず、リサちゃんから！」

いきなり指名されたリサはびくりとして、慌てて立ち上がった。

「は、はい！　えっと……あたしはリサ・フリージア。憧れの人は、初代剣帝ハイネル様です。ハイネル様の伝記は昔から何度も読み返していました。特技は――実家が商いをしているので、目利きと……あと値切りが得意です」

「けほっ！　けほっ！」

それを聞いたスバルが咳《せ》き込《こ》む。

「スバルさん……？」

眉を寄せるリサ。

「いや、ごめんごめん。真面目な顔で値切りとか言うからさ。見た目はお嬢様っぽいから意外だったよ。物資の買い出しの時には同行してもらおうかなー。すごく頼りになりそうだ。さ、次はオリヴィアちゃんで」

笑いながらスバルは謝り、正面の席に座るオリヴィアに視線を移す。

廊下側から順にという感じなので次がクラウ、最後に僕という流れだろう。

「はいっ！　オリヴィア・コーラルですわ」

元気よく答えたオリヴィアは、リサと入れ替わりに起立する。

「私の憧れは、リンネ・サザンクロス様ですわ。あの方以上の聖騎士《パラディン》はいませんもの。特技というか趣味はガーデニングですわね。貴族の間で話題になったコーラル家のバラ園は、庭師でなく私が作りましたのよ」

得意げに胸を張って言うオリヴィア。

「へえ、そりゃすごい。わたしも噂《うわさ》は聞いたことがあるな。それならタウルス寮の庭も好きにしちゃってよ。今は最低限の手入れしかしてないんだ」

「本当ですの⁉　任せてくださいませ！」

スバルの言葉に、オリヴィアは喜ぶ。

「うん、期待してるね。次、クラウちゃんでいいかな？」

予想通り、次に指名されたのはクラウだった。

「はい――クラウ・エーレンブルグです！」

席を立って名乗る彼女だったが、そこで少し沈黙を挟んだ。

「昔からの憧れの人はいるんですが……実は名前を知らなくて。だから今、同じぐらい尊敬している方の名前を挙げようと思います！　ラグ様です！」

そう言ってクラウは隣に座る僕を身振りで示す。

教室に落ちる静寂。

――いやいや、今はそういう流れじゃないだろ。

注目を浴びてしまった僕は、どういう表情をしていいか分からず硬直する。

尊敬してくれるのは嬉しいし、むず痒《がゆ》い思いもあるが、それ以上に恥ずかしい。

「ラグ様は本当にすごいんですよ！　抜刀の動作が全く見えませんし、助言もすごく的確で――」

「クラウ、ありがとう。でも僕は特技の方が気になるかな」

我慢できなくて、礼を言いつつ話題を変えようと試みる。

「特技ですか……私、本当に剣の特訓しかしてこなかったので他には何もできないというか……強いてあげるならお料理ですかね。刃物を使うのが得意なので、野鳥やウサギや鹿とかは綺麗《きれい》に解体できます！　味付けも勉強中です！」

恐らく旅をしている時に身に付けたであろうスキルを挙げるクラウ。

それは料理というよりサバイバル技術のような気もしたが、スバルは気にした風もなく手を叩《たた》く。

「わぁ、それじゃあクラウちゃんが料理当番をする日が楽しみだ。さ、最後はラグくんだね」

ついに僕の順番がやってくる。

席についたクラウが期待の眼差《まなざ》しを向けてくるのを感じつつ、僕はゆっくりと立ちあがった。

「ラグ・ログラインだ。改めてよろしく。尊敬する人は、僕に〝全て〟を教えてくれた師匠だよ。特技は——」

そこで言い淀《いよど》む。得意なのは魔術だけれど、それを言うわけにはいかないし、言ったところで通じない。

他に普通の人より得意と言えることはないかと考えて、とりあえず一つ捻《ひね》り出《だ》す。

「……暗算は、それなりに得意かな。経理とかなら手伝えるかもしれない」

は容易《たやす》い。

師匠からはそうした訓練も受けた。反復練習で頭の中に計算機を作ってしまえば、暗算

これはイメージで術式を編む時にも役に立つ。術式の中に計算機を組み込むことで、よ

り精密に魔術を使うことが可能になるのだ。

「ラグ様……あんざんって何ですか？」

けれど隣のクラウにきょとんとした顔で問い返されてしまう。

「え？　計算を頭の中でやることだけど……ほら、一たす一は二とかは誰でもすぐ計算で

きるだろ？　その桁数を上げたり、掛け算とか平方根とか複雑な計算も脳内で処理するっ

て感じかな。適当に桁数の多い計算式を言ってみてよ」

戸惑いながらそう促す。

この学院や帝城をはじめとして、帝都の建築はどれも非常に優れている。ならば数学と

いう概念がないとは思えない。高度な建築を行うために、数学は欠かせぬ技術なのだから。

「じゃあ……二千六百三十二かける六千五百七十九とかは――」

「一千七百三十一万五千九百二十八」

即答するとクラウは慌てふためく。

「えっ⁉　えっ……ちょ、ちょっと待ってください。言ってはみましたが、正解が自分で

も分かりません……」

するとスバルが教室の黒板にクラウが言った数字を記し、板上で答えを導く。

「うん──合ってるね」

彼女は呆気《あっけ》に取られた表情で告げた。

それを聞いたクラウは歓声を上げる。

「すごいです！　こんなに頭のいい人を初めて見ました！」

「いや──頭がいいとかじゃなくて、これは訓練すればわりと誰でもできることだよ」

苦笑しながら否定するが、嫌な予感を覚える。

ひょっとすると、僕はまた軽率なことをしてしまったのではないだろうか。

「ラグくん」

その予想を肯定するように、スバルが上擦った声で僕の名前を呼ぶ。

「ひょっとして君の師匠は〝知恵の塔〟の出身者だったりするのかな？」

慎重な口調で問いかけてくるが、そんな場所の名前など僕は聞いたこともない。

「えっと……」

どう答えたものかと悩んでいると、先にスバルの方が手を翳《かざ》して僕を止めた。

「いや、やっぱりいい。下手をするとこれはわたしなんかが踏み込んじゃいけない領域かもしれないからね。何しろ〝知恵の塔〟は帝城内立ち入り制限区域──学者様たちが秘蔵の知識を管理している場所だ。その一端を知ってしまったら罪に問われかねない」

「そう……なのか？」

またもや初耳なことばかりだ。

「ああ、君には自覚がないのかもしれないけれど……その〝技術〟はとてもすごいものなんだ。だからわたしたちに軽々しく教えちゃいけないよ。ラグくんが只者《ただもの》ではないってことは、よく分かったからさ」

にこりと笑うスバル。

「――了解」

ここは素直に頷いておく。

どうやら知識や技術は剣帝の厳重な管理下にあるようだ。意図的に知識水準の差を作ることは階級社会の維持に効果的ではあるのだろう。ただ、あの狭い結界都市サロニカよりもここは少し息苦しく感じた。

「これで全員の自己紹介が終わったね。みんな、面白そうな子たちでよかったよ」

僕が着席すると、スバルはそう言って笑う。

「早いけど、今日の授業はもう終わり！　次は君たちの生活拠点になるタウルス寮に案内するから、ついてきてー」

授業の終了を宣言し、スバルは教室を出て行く。

僕らも彼女の後に続いた。

学院の敷地《しきち》から街へ出ると、もうお昼が近いためか通りは賑《にぎ》やかだ。

スバルは次第に高くなる太陽の方向――東の街区へと先導しながら口を開いた。

「さっきは天牛隊《タウルス》の先輩が君たちの教師になるって言ったけど、それ以上にわたしたちは仲間であり家族なんだ。それをしっかり胸に刻んでね」

――家族……僕らはこれから天牛隊《タウルス》の人たちと、生活の大半を共にするわけか。上手《うま》くやっていけるか不安になるが、それ以上に一つ気がかりなことがある。

「あの、聞いておきたいことがあるんだけど」

「何かな？」

こちらに目を向けたスバルに、僕は問う。

「僕とクラウは昨日、天牛隊《タウルス》の隊員を結果的に除籍へ追いやった。そのことを他の隊員は恨んだりしてないのかな」

「それは――たぶん大丈夫だよ。仲間が迷惑を掛けて申し訳ないと思ってる隊員がほとんどだと思うね。何か思うところがあったとしても、それを君らにぶつけるのは八つ当たりだと分かってるはずだ」

「なら、いいんだけど」

一応そう相槌《あいづち》を打つが、微妙に引っかかりのある言い方だったのでいまいち安心できない。

そんな話をしているうちに、東側の大外壁が近づき――壁に隣接して建てられている大きな煉瓦《れんが》造りの建物と、それを囲む高い柵が見えてくる。

「あれがわたしたちの家――タウルス寮さ」

もし最初にここへ連れてこられてあれが学院なのだと言われたら、信じていたかもしれない。それぐらい柵で囲まれた敷地は広く、中に見える建物は立派だった。

宿舎と思われる三階建ての建物の他にも蔵や調理場らしき場所があり、ちょっとした運動場のような広場まで整備されている。

正面の鉄門は閉まっていたが、スバルは横の通用口の扉を開けて、寮の敷地に入った。

「この扉が開いているのは、朝の七時から夜の九時まで。要するにそれが門限ってことだね。まあ、隊長のわたしは鍵を持ってるから関係ないけど」

いいだろうという顔でスバルは笑う。

そういう表情をすると外見相応に子供っぽく見えて、つい僕も笑ってしまう。

「む、何笑ってるんだよー」

「別に」

目ざといスバルに睨まれたが、とぼけた振りで誤魔化した。

そのまま彼女は寮の中へと入り、二階まで僕らを連れて行く。

「二階が男子、三階が女子の部屋だよ。三階は男子禁制、立ち入り禁止だ。もし破ったらわたしがぶっ飛ばすから、覚悟しておくように」

　これだけは本気だという表情でスバルは警告した。

「わ、分かってるよ」

　僕は、彼女の迫力に気圧《けお》されて首を縦に振る。

「なら、よし。ラグくんはこの220号室。オリヴィアちゃんが三階の318号室、リサちゃんが319号室、クラウちゃんが320号室だよ」

　満足げに頷いたスバルは、僕らの部屋を告げた。

「君らの荷物は宿から運んでもらってあるから。あとは午後六時——夕食までは自由時間。その時に他の仲間に紹介するから、一階の食堂に集合ね」

「了解しました！」

　クラウが弾んだ声で答える。

「あ、そうだ。そろそろお昼だし、少し休んだら街でランチを食べるのをおスメするよ。なんとランチタイム限定で、学院の制服を着た生徒はどこでもタダで食事ができるのさ」

「タ、タダ……！」

　そこで何故《なぜ》かリサは大きく動揺し、ごくりと唾を呑《の》み込《こ》んだ。

「私は一度実家へ報告に行きますわ……何を言われることやら……憂鬱です」

　オリヴィアは無料の昼食には特に興味を示さず、ふらふらした足取りで去っていった。

僕は三階へ行く女子たちを見送ってから、自分の部屋の扉を開けてみる。

――狭い。

ベッドと机、クローゼットだけで空間のほとんどが占められ、あとはギリギリ歩くスペースしかない。昨日泊まった宿の半分以下の広さだろう。

――けど、こっちの方が落ち着くな。

師の弟子として修行に励んでいた頃の自室も、ちょうどこのぐらいの広さ。

杖《つえ》を壁に立てかけ、ごろんとベッドに寝転んでみて――この時代で初めて自分の居場所を得た気分になる。

じわりと眠気がやってきた。

まだあまり腹は減っていないが、どこかでこの時代や帝都、聖霊についての情報収集も行いたいので、できれば外に出たい。だというのに、眠気に負けて目を閉じてしまいそうになる。

コンコン。

その時、窓の方からノックの音が響いた。

コンコン。

聞き間違いではない。扉ではなく、カーテンの掛かった窓の向こうから音が聞こえてくる。

「……？」

不思議に思ってカーテンを開ける。

すると部屋のベランダに、何故か笑顔のクラウが立っていた。

「………何してるんだ？」

窓を開けて問いかける。

「えへへ」

照れ臭そうに頬を掻《か》くクラウ。

「いや、えへへじゃなくて」

「その……ラグ様の部屋がちょうど真下だったので、行けそうだなーと」

「だからって本当に試すか？　とにかく中に入ってくれ。外から見られたら、色々面倒なことになりそうだ」

呆《あき》れて言いながら、彼女を室内に招き入れた。

三階への男子立ち入りが禁止されている時点で、こうした状況もあまり望ましくはないはずだ。

「は、はい。そうですね。お邪魔します……！」

自分が大胆なことをしてしまったという自覚がようやく出たのか、彼女はちょっと焦った様子で僕の部屋に入る。

「間取りはほとんど同じなんですね。あ、でもこっちのベッドの方が柔らかそう！」

室内を見回したクラウは、ぴょんと躊躇《ためら》いなく僕のベッドに寝転んだ。

「ふわ～……やっぱり柔らかいです！　この部屋は最近ベッドを新しくしたのかもしれないですね！」

気持ちよさそうにゴロゴロ転がるクラウ。

短いスカートでそんな動きをされると、目のやり場がない。その上、僕もついさっきまでそこに寝ていたのだ。

何だかとても気恥ずかしい。

「ほら、ラグ様も寝てみてください！」

「いや——僕はさっき……」

もう寝たのだと答えようとするが、テンションが上がっているクラウは、こちらの話を聞かずに隣をポンポン叩く。

「早く早く！　ホントにいい感じですから！」

「……分かったよ」

仕方ないなと僕はベッドに寝転んだ。

一人用のベッドなのでクラウとの近さにドキリとするが、仰向けになって天井を見ることで何とか平静を保つ。

「そうだな、確かに寝心地はいいね」

「ですよね！」

だが僕が感想を述べた途端、クラウは体を起こして僕の顔を上から覗《のぞ》き込《こ》んでくる。

「っ……」

彼女の肩から流れ落ちてきた金色の髪が、さらりと僕の頬を撫でた。

「あ――」

その距離にクラウ自身も驚いたらしく、顔を赤くして硬直する。

「え、えっと……あ、そうだ――せっかくだからマッサージをさせてください！　模擬戦でお疲れだと思うので！」

誤魔化すように早口でクラウは言い、素早く馬乗りになってきた。

「なっ……」

僕が仰向けの状態で上に乗られると、より危ない体勢になるのだが――クラウはそれに気付かない様子で僕の腕を揉《も》み始める。

「んっしょ……あ、全然凝ってませんね」

「ほとんど動いてないからね……だからマッサージは大丈夫だよ」

他人に体を触られるのはむず痒いが、気持ちはいい。けれど僕の上に乗ったクラウの体の重さと体温を意識せずにはいられない。

「言われてみれば——確かに。あ、でも自己紹介とかで緊張して肩は凝っているんじゃないでしょうか？」

そう言うとクラウは僕に覆いかぶさるような体勢で、正面から両肩を摑《つか》んでくる。

「お、おい、クラウ——」

必然的にさっきよりも至近距離で僕らは見つめ合うことになってしまう。

「ラ、ラグ様……えっと、か、肩も凝ってないみたいですね」

頰を染め、視線を彷徨《さまよ》わせながら、クラウは上擦った声で言う。

甘酸っぱい雰囲気と、彼女の髪から漂う香りに脳髄が痺《しび》れ、もっと距離を縮めたい——彼女の体を引き寄せたい衝動が湧き上がってきた。

だがそこで一瞬、師匠の顔が脳裏を過ぎる。

「——ああ。だから気持ちだけで十分だ。ありがとう」

理性を総動員して伸ばしかけた手を戻し、礼を言う。

「は、はい……あ、あの……失礼しました」

視線を泳がせて、いそいそと彼女はベッドから降りた。

「別に謝るようなことじゃないよ」

僕もそう答えて体を起こし、ベッドの端に座る。

「えとえと、あの——私、ラグ様のベッドに寝に来たわけじゃなくて……マッサージも思

いつきで……ちゃ、ちゃんと用事もあったんです！」

焦りながらクラウは本題を切り出す。

「用事？」

高まる鼓動を何とか静めようと努力しながら、僕は彼女に聞き返した。

「はい！　えっと、まずは――改めて、模擬戦ではご助言ありがとうございました」

「もうお礼はいいって」

既に散々言われたので、僕は苦笑を浮かべて言う。

「いえ、何度言っても足りません。ラグ様のおかげでリサに勝てたんですから！　ただ……あれからずっと、リサは私と目を合わせてくれないし、話しかけても応えてくれなくて……」

「まあ――許す気はないって言ってたもんな」

彼女の言葉を思い出す。模擬戦で負けたからと言って、彼女は自分の考えを――クラウは聖騎士《パラディン》に相応《ふさわ》しくないという主張を変える気はなさそうだった。

「だとしても、これからは一緒の隊なんですし……ううん、そんな理由がなくても私はこのままじゃ嫌なんです。前みたいに何でも話せる間柄に戻りたいんです！」

強い口調で自分の想《おも》いをクラウは告げる。

「クラウとリサは、そんなに仲が良かったのか？」

「仲がいいなんてレベルじゃありません！　幼い頃、初めてパーティーに連れて行ってもらった日に出会って、それ以来一番の親友です！」

「へえ……そうなんだ。リサは商家の出だと自己紹介で言っていたけど、ひょっとしてクラウも良いところの生まれなのか？」

「えっと、私は田舎貴族というか……領主の娘です。まあ帝都の人から見れば、纏《まと》めて辺境民ですけどね。二人とも聖騎士《パラディン》になることは反対されてて、半年ほど前……家出同然な感じで町を出ました。それからはずっと一緒に聖霊の迷宮を探す旅をしていたんです」

少しバツが悪そうにクラウは言う。

「そこまでの間柄なら、本当に親友なんだね」

「はい」

深く頷くクラウを見て、僕は彼女たちの模擬戦で感じたことを口にした。

「じゃあ——リサはクラウのためを思って、聖騎士《パラディン》になることを阻止しようとしてたってことなのかな」

「……だと思います。私の聖霊剣《グラム》は代価が重すぎるから……でも、だからこそどうやって仲直りすればいいのか分からなくて」

がくりと肩を落とし、クラウは重い溜息を吐く。

「それは確かに難問だ」

仲違《なかたが》いというよりは主義主張の対立に近い。僕もすぐに解決方法は思いつかなかった。

「はい――だからラグ様にお願いしたいことがあるんです！」

そこでクラウはずいっと距離を詰めてきて、僕の手を両手で握りしめる。

「な、何だい？」

不意打ちだったせいで顔が熱くなってしまう。

「どうしたら私はリサに許してもらえるのか……聖騎士《パラディン》としての私を認めてもらえるのか――そのヒントだけでもリサから聞き出してもらえないでしょうか。さっき私、ランチを一緒にと誘ってみたんですけど、扉も開けてもらえなくて……」

とても悲しそうに俯《うつむ》くクラウ。

そんな顔を見せられては、放っておくことはできない。

さっきアドバイスをしたことで、僕も彼女のことを〝弟子〟と見なしてしまった感があった。

「分かったよ。じゃあ僕が代わりに誘ってみよう」

「っ！　ありがとうございます！　私もこっそりついていきますね！」

笑顔になったクラウはまたしても正面から僕に抱きついてくる。

――な、何でこの子はこんなに遠慮がないんだ？　この時代ではこれが当たり前なのか？

彼女の香りにクラクラしながら、僕はこの世界の常識に疑問を抱いた。

2

「──ランチに行くんだよね？　よかったら一緒にどうかな？」

宿舎の玄関で待っていた僕は、姿を見せたリサにそう話しかけた。

こんなナンパみたいなことをするのは当然初めてでかなり緊張したが、何とか噛《か》まずに済んでホッとする。

「え？　ど、どうしたの……？　何であたしを──」

驚いた顔で聞き返してくるリサ。

「せっかくの同期だから仲良くなりたくて」

「クラウは……？」

「何か用事があるってさ。オリヴィアはさっき言ってた通り実家へ行くみたいだし」

ここまでは想定していた通りの会話だったので、すらすら答えることができた。

クラウはどこかに身を潜めているはずだが、剣の達人である彼女が本気で気配を消しているので、居場所は全く分からない。

「ふぅん……それなら、まあ……別にいいけど。あたしもあなたと話してみたかったから。どちらにも利益があるのなら、断る理由もないし」

少し逡巡《しゅんじゅん》を見せたリサだったが、僕の誘いに応じてくれる。

「よし、じゃあ行こう──とは言っても僕は街に来たばかりでどこへ行けばいいか分からないんだけどさ」

「仕方ないわね。あたしは入学式まで暇だったから街中を歩き回ってたし、色々教えてあげるわ。これ、一つ貸しよ？」

やれやれといった顔でリサは歩き出す。

僕は彼女の隣に並び、一緒にタウルス寮を出た。

「分かった。覚えておく」

「ふふ、忘れちゃダメだからね。そうだ、ご飯を食べる場所だけじゃなくて、他にも行ってみたいところがあるなら案内するわよ。まだちょっと時間も早いしね」

リサの問いかけに僕は少し考える。

──クラウのことを切り出すのは、少しタイミングを見た方がいいな。

「じゃあ図書館があれば行きたいな。僕は本当に世間知らずで、分からないことばかりだから」

「ふうん、そうなんだ。図書館なら帝立大図書館と、学院内にある学生専用の図書館があるわよ。どっちも今のあたしたちなら入れるはずだけど……」

「それなら大図書館の方で」

「分かったわ」

リサは頷いて、街の中心部へ続く道の方に足を向けた。

そこから並んで歩くが、何故か彼女はちらちら僕の方を横目で見てくる。

「何？」

「あ、えっと……男の子と二人で歩くなんて、よく考えると初めてだったから。こういうの規則で禁止されてないかしら？」

少し気恥ずかしそうにリサは周りを見回した。

「大丈夫だと思うけど。他にも男女で歩いてる学院生はいるみたいだし」

昼時のためか、ちらほらと学院の制服を着た生徒は通りに見かける。

「そう――やっぱり都会は違うのね。あたしの町より自由な感じで、息がしやすいわ」

「リサが暮らしていたところは、そんなに窮屈だったのか？」

「まあね、身分とか掟《おきて》とかで色々ガチガチ。おかげであたしとクラウはいつも――」

そこまで口にしたところで、リサはハッとして言葉を呑み込む。

「何でもないわ」

苦い顔で言い、彼女は歩調を速めた。

やはりクラウのことにはかなり敏感になっているらしい。

今はあえて踏み込まず、彼女の後を追いかける。

気まずいので全然違う話題を振ってみた。

「そういえば、リサは何歳？　僕は十五だけど」

するとリサは怪訝《けげん》な顔で答える。

「え？　そんなの——十五に決まってるでしょう？」

「決まってる？」

その言い回しに僕は眉を寄せた。

「……聖霊と契約できるタイミングは十五歳の間だけってこと、まさか知らないの？」

リサに常識を疑われ、慌てて言い訳する。

「ああ、そういえばそうだった。言われてみればその通りだ。単純にうっかりしていた」

「ふふ——何でもそつなくこなしそうな顔をして、意外と抜けているのね」

面白そうに笑うリサ。

おかげで空気が少し緩む。

——皆、十五歳で聖霊《グラム》を手にするから軍じゃなく〝学院〟なんだな。クラウはもう当てがないと言って他の聖霊《グラム》剣を探すのを諦めていたけど、もしかして誕生日が近かったのか？

たぶんその可能性が高いのだろうと思いながら、大通りを進む。

　数分歩くと、それらしい建物の前に到着した。

「これが、帝立大図書館？」

　周囲より明らかに大きく立派な白亜の建物を見上げ、リサに問いかける。

「ええ、あたしもちょっと調べたいことがあるし――正午の鐘が鳴ったら入り口に集合でいいかしら？」

「了解」

　僕は頷き、リサと一緒に図書館に入った。

　入り口には衛兵が立っており、中のカウンターには司書らしき女性がいたが、僕らの制服を見ると何も言わずに通してくれる。

　――本の匂いだ。

　魔杖塔《ピラー》の書庫を思い出す。古びた紙の香りは嫌いじゃない。

　規則正しく書棚が並ぶ館内にはそれなりに人の姿があったが、通りの喧噪《けんそう》が嘘《うそ》のようにシンと静まり返っていた。

　僕はリサに無言で小さく手を振って、目当てのものがありそうな棚に向かった。

　――言語もそうだったが、文字もほとんど変化していないな。

　案内の看板を見ながら思う。

　翻訳を可能にする魔術もあるのだが、今のところ全く使う必要がない。これは千年前の文化が途切れず継承されている証拠だろう。

――けど、あまりに変化がなさすぎないか？

千年も経《た》てば、文法や言葉の意味は大きく変わっている方がむしろ自然。本当に千年も経っているのかと疑問を覚える。

そこで足を止めたのが、歴史関連の書籍や資料がある棚。

分かりやすそうな本を何冊かパラパラ流し読みして、共通点に気付く。

「〝剣暦〟以降の歴史を記した本しかないな……」

――入学式の時、進行役の先輩は〝剣暦一一七年度〟だと言っていた。

要するに百年余りの歴史しか記述がないということ。

その内容も歴史というよりは神話に近い印象を受ける。

魔物が溢《あふ》れ、人類が滅亡の危機に瀕《ひん》していた時――聖霊から剣を授かった若者が、この大陸における魔物の拠点〝魔王城〟を消し飛ばし、人類の領土を取り戻したらしい。

その後若者は剣帝ハイネルとして〝帝国〟を創り、他の国々が傘下に入ったことで大陸を統一した巨大国家になったようだ。

ハイネルの導きで聖霊の力を授かる剣士は増え、未《いま》だ残る魔物との戦いを繰り返しながら現在に至る。

初代剣帝ハイネルは三十年、ハイネル二世は四十年ほど帝国を統治し、今はハイネル三世の時代。聖騎士《パラディン》のための学院は、ハイネル二世の頃に出来たと書かれているが……。

「聖霊についての情報がもっと欲しいな」

そこの説明がないので、別の棚に移動する。

だが聖霊や聖霊剣《グラム》を研究しているような学術書は見当たらず、迷った末に〝聖霊記〟と書かれた棚に辿《たど》り着《つ》く。

本棚に並ぶのは、各地の聖霊と契約した剣士が為《な》した偉業を神話や冒険譚《たん》のような形で記した書籍だ。

――そうか、この時代の人たちにとって聖霊は〝神〟なんだな。

僕の時代には、人々に恵みを与える白き女神と、災厄をもたらす黒き魔神の二柱以外、神と呼ばれる存在はいなかった。

「けど、魔神どころか女神の記述もないなんて……」

黒き太陽は空から消えていたが、白き太陽は今も世界を照らしている。

なのに善なる神の立ち位置は聖霊に置き換わり、女神の記述はどこにもない。

――当然、女神言語《デアスペル》を纏めた書物も見当たらないか。

女神言語《デアスペル》は、女神がこの世界を産む際に上げた〝形ある声〟だと言われていた。

女神言語《デアスペル》によってこの世界にある全ての物、概念は規定されている。

魔術を使う者は、皆この女神言語《デアスペル》を用いて、術式で成形した魔力を現実へと出力しているのだ。

よって詠唱が必要になるのだが、女神言語《デアスペル》の〝形〟を文字として刻んだ魔導具を使えば魔力を流すだけで魔術は発動できる。

喋《しゃべ》ることができない魔物が魔術を使えるのも同じ理由。魔導器官にも何らかの形で女神言語《デアスペル》が組み込まれているというわけだ。だから僕も魔眼発動時であれば詠唱を省略可能。

――今後のために、できれば聖霊や聖霊剣《グラム》を表す女神言語《デアスペル》を知りたかったんだけどな。

けれどそれはかなり難しそうだ。

全ての母である女神が消失してしまっているのなら、対応する女神言語《デアスペル》自体が存在しない可能性も高い。

これは魔術を使う際、聖霊や聖霊剣《グラム》を対象として指定できないことを意味する。

ボルトが召喚した聖霊は、媒介となっていた〝炎〟を魔術で断ち切った。けれどあれが聖霊そのものであったなら、少し面倒なことになっていただろう。

もちろん戦いようはあるが……それでも、もう少し情報は欲しい。

何かもっと剣暦以前の歴史や聖霊の正体に迫る書籍がないかと視線を移し、ぎょっとした。

本棚の一列を分厚い赤い装丁の本が占領している。背表紙に記されているのは〝剣聖ザンクロス記〟という題名。見たところ二十巻近くある。

——剣聖サザンクロス記……師匠にそっくりな彼女——リンネ・サザンクロスの活躍を記した本か？　いや、もしくは彼女の一族について書かれたものかもしれないな。円卓《ラウンズ》の中でも特別な立場にあるようだった彼女なら、多くの逸話があるだろう。ただ、一人の人間の伝記としては多すぎる気もした。

彼女のことは気になっているので、とりあえず一巻を手に取ろうとするが——。

「ラグ様」

耳元で囁《ささや》かれた声にビクリとして動きを止める。

振り返るとクラウが至近距離で僕を見つめていた。ついてくるとは言っていたが、声を掛けられるまで全く気付かなかった。

「……どうしたんだ？」

本当は心臓が口から飛び出るほど驚いていたが、仮にも師という立場であるため、何とか平静を繕って問い返す。というか声が出なくて本当によかった。

「今、リサが大変なんです……！　助けてあげてください」

声を抑えつつ、クラウは僕の腕を引っ張った。

「大変……？」

図書館の中で変な輩《やから》に絡まれているのだろうか。だが彼女なら自分で何とかできそうな気もする。

事情が分からないまま、僕はクラウに棚の端まで連れて行かれた。

「向こうをそっと覗いてみてください」

クラウに促されて、僕がいた棚の裏側を覗き見る。

そこにはリサの姿があり、高い位置にある本を取ろうとしているらしく、ぴょんぴょん飛び跳ねていた。

「何が大変なんだ？」

クラウにジト目を向ける。

「リサが本を取れなくて、大変なんです！」

「……近くに踏み台があるから自分で取れるだろ」

僕は呆れ混じりに床に置かれている台を指差した。

「いえ、あとちょっとで届きそうだからリサは踏み台を使いません。急がば回れができない子なんです……！」

真剣な表情で訴えるクラウ。

「だとしてもジャンプでそのうち届くのなら、それはそれで問題ない気がするけど」

「問題ありですよ！　こういう時、リサは必ずと言っていいほどヘマをするんです。本が崩れて上から落ちて来るかもしれません。でも、私はまだ出ていくことができないので……」

思ったよりも必死な表情で見つめられ、僕は頭を掻く。

「まあ、別にいいけどさ」

溜息を吐いた僕は、本棚の陰から出てリサの方に向かった。

かなり必死になっているらしく、リサは僕が近づいても気付かない。

「――これが欲しいのか?」

彼女の後ろから腕を伸ばし、目当てと思われる本を手に取った。

「あっ……」

小さく驚いた声を漏らし、僕の方を見るリサ。

「ほら」

「あ、ありがとう……うう、不覚にも借りを作ってしまったわ。これじゃあさっきの貸しがチャラじゃない……」

本を差し出すと、リサは顔を赤くし、何故か少し悔しそうに礼を言う。

ぴょんぴょん飛び跳ねているところを見られたのが恥ずかしかったのだろうかと考えながら、僕は彼女に渡した本のタイトルを読み上げた。

「〝代価を背負いし聖騎士《パラディン》たちの記録〟――か」

この辺りも聖霊記関連の書籍コーナーのようだ。代価と書かれているのでクラウのような聖騎士《パラディン》にまつわる話だと察せられる。

リサは僕の視線から隠すように、本を胸に抱いた。

「何よ……何か言いたそうな顔ね」

「代価って何なのかなと思ってさ。リサの聖霊剣《グラム》には代価はないんだろう？」

彼女が躊躇《ちゅうちょ》なく聖霊剣《グラム》を解放したのを思い出し、そう問いかける。

「ええ、何もないわ。代価は……聖霊が剣士を完全には認めなかった証《あかし》みたいなもの。だから——クラウが聖騎士《パラディン》に相応しくないっていうのは、決してあたしの主観だけの話じゃないわ」

あえてクラウのことに触れ、リサはじっと僕を睨んだ。

「完全には認めなかった……？　二人で聖霊の迷宮を攻略したって言ってたが、何があったんだ？」

「……迷宮にも色々あるのよ。最奥まで行けば剣が貰《もら》える迷宮もあれば、聖霊自身が試練を課すこともある。クラウの場合は後者。あの子は試練でしくじって、重い代価を課されたの。だから……自業自得よ」

リサは目を逸《そ》らし、どこか悔いるような表情で答える。

——代価を課すかどうかは聖霊の任意ということか。

一つ疑問が解けた。ただ、クラウがどうすればリサと仲直りできるのかはまだ分からない。

「けどさ、そんな状態でもクラウは君に勝った。それでも聖騎士《パラディン》として認められないのかい？」

本棚の裏でクラウは聞き耳を立てているだろうと考えながら問う。

「認めないわ」

即答。迷う素振りもない。

「クラウは〝壁〟を斬った。それは君が言っていた強大な魔物――〝大魔《デヴォル》〟と、聖霊剣《グラム》の力を使わずに戦える証明にならないか？」

「ならない。〝大魔《デヴォル》〟はそもそも大型の魔物がほとんどなの。剣技は大型には通じないんだし、結果は同じよ」

再びリサは首を横に振る。

「じゃあ――仮に、クラウが大型の魔物も剣技だけで倒せるようになったら？」

これが突破口になるかもと考え、もしもの話を投げかけてみた。

しかしリサは三度否定の言葉を口にする。

「だとしても――ダメ。あの子はいざとなったら……誰かを救うために必要になれば、絶対に聖霊剣《グラム》の力を使う。付き合いの長いあたしには、それが分かるのよ」

頑《かたく》ななリサの態度を見て、僕は息を吐く。

――これはそう簡単に解決できないな。

どうしたものかと頬を掻いたところで、外から鐘の音が聞こえてきた。

「正午の鐘ね。この話はこれでおしまいにしてランチにしましょうか」

「……そうだな」

言い争いをするつもりはないので同意する。

ただ、すぐ近くにいるはずのクラウのことが少し心配だった。

3

リサに案内されたのは、大通り沿いにあるレストラン。

店構えからして高級そうな店だったが、リサは「どうせタダなら高いものを食べた方がいいでしょ」と笑った。

「わぁーっ！　いい匂い！　脂身もたっぷりで、さすがは最高級の帝国牛ステーキね」

運ばれてきた料理を見て、歓声を上げるリサ。

「牛か……確かに美味《おい》しそうではあるけど――」

僕も自然に溢れてきた唾をごくりと呑み込む。

ただこれが最高級だというのは腑《ふ》に落ちない。何故ならサロニカで最も価値のあった肉は――。

「ここでは魔物を食べないんだな」

ぽつりと呟くと、リサはぎょっとした表情を見せる。

「え？　あなたのところって魔物も食用にしてたの？　さすがにあたしの町でも魔物は食べなかったわよ」

そう言われて僕と彼女の認識の差に気付く。

リサの言う魔物とは人を襲う獣の総称だが、僕のいた時代における魔物は魔導器官を備えた特別な生物のこと。

「……魔物の中にはすごく美味しくて栄養価の高い種類がいるんだよ」

「そうなの？　全然知らなかった……自己紹介の時もすごかったけど、ラグ君って学者様みたいに博識なのね」

ひどく感心されてしまい、僕は気まずい思いを抱きながら頬を掻く。

またこの時代の常識を逸脱してしまった。気を付けなければ。

「全部、師匠からの受け売りさ。じゃあ早速いただくね」

そう言って誤魔化し、ナイフで切ったステーキをフォークで口に運ぶ。

その時点で旨《うま》みが口内に広がり、歯で噛むと熱い肉汁が溢れ出した。

「うん、美味しい。良いお店を紹介してくれてありがとう」

これはこれで十分に美味しかったので、きちんと礼は言っておく。

「でしょ？　喜んでくれてよかったわ。ああ〜美味しい〜……こんな上等なお肉をタダで食べられるなんて、聖騎士《パラディン》になったのは正解だったわね」

リサは幸せそうに呟く。

「タダって部分にかなり拘るな。それにさっきから割と貸し借りについても細かいし」

「商家の生まれだって言ったでしょ？　周りの人が皆お金に細かかったから、あたしも自然とね。両親も損得勘定で動くタイプの人だったし——」

そこで食事の手を止め、リサは自嘲気味に笑った。

「あたしが聖騎士《パラディン》を目指した理由はね……単に、それが家から自由になれる唯一の方法だったから。あのままだったらあたし、家にとって都合のいい相手と結婚させられて……最後まで自分で何一つ決められない人生だったもの」

「ならリサは自分の夢を叶《かな》えたんだな。よかったじゃないか」

自分の望みを実現したリサを僕は褒めるが、彼女は視線を逸らす。

「……クラウが本気で聖騎士《パラディン》を目指していたからよ。あたしは最初、絶対に無理だと思って剣の練習に付き合っていたんだし」

「感謝してるんだな」

「ええ、だからこそあたしは今のクラウを認めない。あの子は聖騎士になれなかったのよ。自分の〝時間〟を代価にするぐらいなら、潔く諦めるべきだわ」

今度はしっかり目を合わせてから、リサは断言した。

「ねえ、あなたはクラウに頼まれてあたしをランチに誘ったのよね？」

「………さすがにバレるか」

「それぐらい予想が付くわよ。その上で言うわ。クラウに聖霊剣《グラム》を手放すようあなたから説得して欲しいの」

予想外の台詞《せりふ》に僕は困惑する。

「本気で言ってるのか？」

「もちろん。クラウにやたらと尊敬されているあなたの言うことなら、聞く耳を持ってくれるはずよ」

「そういうことじゃなくて……僕が君に協力する理由はないだろ」

昨日出会ったばかりの関係ではあるが、クラウは仮にも僕の弟子だ。その彼女を裏切ってリサの側につくはずがない。

「大丈夫。理由は作るから。取引は公平に。相応のものを支払うのは当然よ」

そう言って彼女は立ち上がり、僕の方に身を乗り出す。

「何を――」

身構える僕の口元を、リサはナプキンで拭った。

「ソースがついていたわよ、ラグ君」

とても親し気に僕の名前を呼んだ彼女は、じっと熱っぽい視線を僕に向ける。

彼女が何を言いたいのか僕にはよく分からなかったが、心臓の鼓動はいつのまにか自分でも分かるほどに速まっていた。


昼食が終わり、レストランを出ると――リサはいきなり僕の腕に自分の腕を絡めてきた。

柔らかな膨らみが肘に当たり、顔が熱くなる。

「お、おい」

「まだ夕方まで時間があるわ。せっかくだからラグ君をとっておきの場所に連れていってあげる」

男子と並んで歩くのが初めてだと言っていたのが信じられない積極ぶりで体を密着させ、僕を引っ張っていくリサ。

彼女の体温と柔らかさにどぎまぎし、為すがままになってしまう。

周りの視線など気にせず、リサは商業区画から住宅が立ち並ぶ場所へ向かい、そこにある広い公園に僕を連れ込んだ。

「この公園、やたらと広くて人目が少ないから、宿に滞在中はここを剣の稽古場にしていたの」

立ち並ぶ木々の間を進みながらリサは言う。

「どこまで行くんだ?」

公園の入り口近くにある広場には幼い子供を連れた家族の姿があったが、奥まで来ると全く人気がない。

「もうすぐよ。ほら、そこのモニュメントの裏手」

木々に囲まれた公園の奥には、建物かと見まがうほどの巨大な〝剣〟のモニュメントが設置されていた。恐らくは剣帝や聖霊剣《グラム》にまつわるものなのだろう。

その裏まで僕を誘《いざな》ったリサは、モニュメントの陰になった場所で足を止める。

「――到着。ここなら、誰にも見られないわ」

僕の耳元でそう囁いた彼女は、腕を離すどころかさらに体を密着させてきた。

「誰にもって……いったい何を――」

「もう分かってるはずでしょう?」

潤んだ瞳で僕を見つめ、リサは僕に体重を預けてくる。

距離を取ろうと後ろに下がろうとしたが、背中がモニュメントにぶつかって逃げ場がなくなった。

「ラグ君って……女の子に興味はある?」

「……なくはないけど」

脳裏に師匠やクラウのことが過ぎる。

「だったら――」

リサは制服のボタンを外した。

シャツがはだけて、白い下着と胸の谷間が露《あら》わになる。

「ちょっ……」

思わずそこに視線が吸い寄せられてしまう。

するとリサは僕の腕を摑み、躊躇いなく僕の手を自分の胸に押し当てた。

「な――」

僕の指が柔らかで温かい膨らみに沈む。

その感触はあまりにも鮮烈で、頭の中が真っ白になった。

「んっ……」

半ば無意識に指を動かすと、リサは熱を帯びた声を漏らす。

その声で我に返った僕は、慌てて彼女に問う。

「お、おい、何でこんな……」

リサは戸惑う僕に潤んだ瞳を向ける。

「あたしのこと……好きにしていいってことよ。これから先、ずっとあなたの従僕になってあげても構わない。それがあたしの差し出すもの。その代わり、あたしに協力して欲しいの」

彼女の声は微《かす》かに震えていた。顔は真っ赤で、無理をしているのが丸わかりだ。けれど瞳に浮かぶ覚悟は本物で、決して軽い気持ちで言っているわけではないのが伝わってくる。

「そこまで、するのか……」

「するわ。だってクラウを説得できるのはラグ君だけだろうし、それが失敗した時――あの子から力ずくで聖霊剣《グラム》を奪えるのも、あの子が自分以上の剣士と認めるあなたしかいないと思うから」

迷いなく頷くリサ。

「あたしはクラウにとても大きな借りがある。たとえ彼女に恨まれることになっても、これがあたしにできる最大の〝清算〟なの」

確かに〝壁〟を斬れるようになったクラウは、剣技で劣らない限り対人戦では負けないだろう。僕に頼る理由は分かる。ただ……。

「だからってこんなことで――」

「〝こんな〟ものでも、あたしにとっては一番価値のあるものよ。家を捨てたあたしは、他に渡せるものを何も持ってないの。でも……やっぱりこれじゃ足りない？　釣り合わない？」

ってくる。

リサは涙目になって僕を見つめる。僕の腕を摑んだ彼女の手からは、微かな震えが伝わ

その言葉と表情に心臓が跳ねた。

自暴自棄ではなく、覚悟を持って全てを捨てようとしているリサの姿からは、刹那的な美しささえ感じる。

「今のは……僕の言葉が悪かった。ごめん。君がどれだけクラウのことを想っているのかは、よくわかったよ」

「じゃあ――」

「だからこそ、この取引には応じられない」

リサの声を遮って告げた。

彼女に固定されていた腕を、力を込めて引き戻す。

手の平に触れていた柔らかさと体温は、本能的に離れがたいものだったけれど、このまま流されるわけにはいかない。

「っ……」

「もし僕が君の尊厳や自由を奪ってしまったら、今度はクラウが僕を許さないだろう。どんなことをしても君を解放しようとするはずだ。違うかい？」

「それは……」

言葉に詰まるリサ。

「――僕は君の覚悟だけを受け取ることにするよ」

「え？」

戸惑いを見せる彼女に、僕は言う。

「僕はクラウの夢を応援したい。でも――クラウが代価で時間を失い、眠り続けるなんてことになるのも嫌だ。だからその二つを両立できる方法を探してみようと思う」

リサの瞳を見つめ、こちらの方針を告げた。

「そんな方法あるわけ……」

「ないとは言い切れない。現状でもいくつか検証すべきことがある。それを試すまで結論を出すのは早いよ」

僕が首を横に振ると、リサはまじまじと僕の顔を見つめてくる。

「やっぱり学者様みたいな物言いをするのね。そこまで言うのなら……まずはラグ君に任せてもいいけど」

「ありがとう。じゃあとりあえず、最低限の協力関係を結ぶって感じで――ってその、まずは早く服を整えてくれないかな？」

礼を言って手を差し出そうとするが、まだ彼女が胸をはだけたままだと気付いて、視線を逸らす。

「あ、う、うん」

リサも自分の格好を改めて意識したらしく、裏返った声で答える。

「君とクラウは——本当にいい友達なんだな」

なるべく彼女の方は見ないようにしながら、間を持たせるために呟く。

「……まあ、今は絶交中だけど」

「大丈夫だ。きっと元通りになれるよ」

「ずいぶん簡単に言うのね」

「目標さえあれば——たとえその道のりがどれだけ厳しくとも、歩みを止めない限りいずれ辿り着く。僕はそう思っているから」

そんな風にして、僕は師の背中を追いかけた。そして不本意なタイミングではあったが、彼女と同じ賢者となったのだ。

「——ラグ君」

名前を呼ばれ、リサの方に向き直ろうとする寸前に、頬に柔らかな感触が伝わる。

「え？」

完全に不意を突かれて、呆然《ぼうぜん》とする。

僕の前では、頬を染めたリサが恥ずかしそうに笑っていた。

「最低限の協力でも、ちゃんと報酬は渡しておかないとね。安心して、これはあたしがあ

げたくてあげたものだから」

「あげたくて……？」

「よく分からないんだけど、ラグ君の話を聞いてたら胸がきゅっとして、こうしたくなっちゃったわ。何だか変よね」

照れ臭そうに笑ったリサは、僕に手を差し出す。

「結論次第では絶交かもだけど、今はお友達として……よろしくね」

「――ああ」

まだ頬に残る感触に心臓が早鐘を打っていたが、何とか気を取り直して手を握り返した。

けれどそこでハッとして周囲を見回す。

「どうしたの？」

「いや……」

クラウがどこにいるのか分からないが、今のやり取りを見られていたかもしれない。

まあ事情を話せばいいことではあるけれど、何だかとても気まずい感情が湧き上がる。

というか一旦問題の解決を僕に預けてもらえるのであれば、クラウとリサも一時的に仲直りは可能なはず。

「クラウ、もし近くにいるのなら出てきてくれ」

「ええっ⁉」

僕が呼びかけると、リサが裏返った声を上げた。

しかし何の反応もない。

「いないみたいだな」

「ちょっと、驚かせないでよね……」

安堵しつつも、怒った顔で僕を睨むリサ。

ゴーン……ゴーン……！

その時、どこかから鐘の音が響いてくる。

「これってまさか――」

途端にリサは表情を険しくした。

「どうした？」

「定時以外の鐘は緊急事態を報《しら》せるもの――つまり、魔物の襲来よ」

リサは剣の柄に手を当て、北の方角を睨んだ。

4

帝都で最初に異変を察知したのはクラウ・エーレンブルグだった。

「もうあんなにリサと仲良くなって……さすがはラグ様ですけど……」

腕を組んで公園に入っていくラグとリサを物陰から見守っていたクラウは、何故か湧き上がるモヤモヤした感情を持て余していた。

ぞわり。

その時だ——首筋の産毛《うぶげ》が逆立つ感覚を覚えて、彼女は勢いよく後ろを振り向く。

それは、ただの直感。

生まれながらに備わった〝戦闘の才能〟と、かつてさまよった死線の記憶——それが彼女に危機を報せていた。

迷わずラグたちに背を向け、走る。

手頃な露店の屋根に飛び乗り、そこからさらに家屋の屋上へ。

より高い建物へと移動し、クラウは大外壁よりも高い建物の一つである大聖堂の屋根に辿り着いた。

そこから北の方角へ目をやる。

大外壁の見張りや、感知能力に長《た》けた聖騎士《パラディン》が異変に気付く前に、クラウは近づく脅威の気配をしっかりと捉えていた。

「敵が——来る」

しばらくすると遥《はる》か地平線の向こうに、黒い雲のようなものが現れる。

にわかに外壁上の兵士たちが慌て出し、緊急事態を報せる鐘が鳴り始めた。

「何て数……」

黒い雲のように見えたのは空飛ぶ魔物の群れ。それを認識してクラウは息を呑む。

こんな数の魔物を目にしたのは生まれて初めて。しかもどれも大型。

──私の剣技じゃ、戦えない敵……。

敵に気付いても何もできない無力さに奥歯を噛みしめる。

魔物の群れは凄《すさ》まじい速度で接近し、帝都滅亡の予感が湧き上がるが──絶望の闇を晴らすような眩《まばゆ》い光が外壁上で煌《きらめ》く。

あの輝きは知っていた。聖霊剣《グラム》を解放した時の光。

さらに輝きは膨れ上がり、聖霊が顕現したことを察する。

立ち昇る光の数は、十三。

遠すぎて判別はできないが、恐らく最強の聖騎士《パラディン》である〝円卓《ラウンズ》〟が魔物の迎撃に動いたのだろう。

十三の輝きは真昼の太陽すら圧倒して膨れ上がり、迫る黒雲に向けて一斉に放たれた。

「すごい──」

感嘆の息が漏れる。

束ねられた極光は魔物たちを呑み込み、群れの大半を消滅させた。

「これが……帝都の聖騎士《パラディン》」

その光景に見惚《みと》れるが、わずかに撃ち漏らした魔物が光を突き破り、大外壁を越えて街へ侵入してくるのを見て我に返る。

――このままじゃ街に被害が……！

焦るが、街のあちこちから放たれた攻撃が侵入した魔物を撃ち落としていく。

街中に展開していた各隊の聖騎士《パラディン》たちが迎撃に当たっているのだろう。

下を見れば、ラグとリサも魔物の対処に加わろうとしていた。

撃墜され、大通りに落ちてきた魔物が一瞬で細切れになる。

軌跡を見ることすら不可能な、離れた相手を斬り裂くラグの剣技――それに見惚れ、自分もあれぐらいの力があればと思う。

さらにラグから離れて聖霊剣《グラム》を解放したリサは、街の中を飛び回る魔物を凍らせて回っていた。

――あんな活躍、今の私にはできない。でも……。

避難誘導や、落下した魔物にトドメをさすぐらいならできるかもしれないと、クラウは大聖堂の屋根から降りようとする。

だが再び悪寒が背筋を走り抜けた。反射的に目を向けたのは――空。

近づいてくる強大な気配。

「真上――」

群れではない。たった一体。

恐らく雲の上を飛んで身を隠し、急降下してくる魔物。

——たぶんまだ誰も気付いてない……！

皆に報せたくてもそんな猶予はない。

降下してくる魔物の速度は凄まじく、誰かが気付いたとしても対応に動く前に魔物は街に降り立つだろう。

ラグや〝円卓《ラウンズ》〟がいればきっと倒してくれるはずだが、それまでに必ず大きな被害が出る。

——でも、私なら。

他の人たちに上空の魔物の存在を報せること。このままだと死んでしまう人たちの命を一つでも多く救うこと。

今、その二つを為せるのは自分だけ。

それを認識すると、すぐに覚悟は決まった。

クラウは鞘《さや》から剣を抜き、不安定な屋根の上で構える。

脳裏を過《よ》ぎるのは、幼い頃の記憶。

誰かを守り、笑顔にできる人間になりたいと願った切っ掛け。

幼い頃、魔物から私を救ってくれたあの女性《ひと》みたいに——！

「目覚めてください――〝眩き光竜《ルクシオン》〟!!」

そう告げた瞬間、刀身から白い光が溢れ出た――。

5

帝都は混乱の只中にあった。

人々は街に侵入した魔物を見て悲鳴を上げ、右往左往しながら逃げまどっている。

「まさか帝都に魔物が――」

「は、早く何とかしてくれぇっー!」

彼らの叫びを聞く限り、これまで魔物が大外壁を越えてきたことはなかったようだ。

「大丈夫! あたしたちが対処しますから! だから落ち着いて!」

少し離れた場所でリサが大声で呼びかけているが、誰も聞く耳を持っていない。

――通りを進むのは無理だな。

そう判断して重力制御の魔術を使い、近くの建物の屋根に跳び移る。

グォォォォン!

響く獣の咆哮《ほうこう》。

傷を負いながらも僕の方に飛んできた大型の魔物――かつてはワイバーンと呼ばれていた翼竜へ向けて魔術を放つ。

「千風よ断て《ゲイル・ブレイド》」

数多《あまた》の鋭利な風刃が魔物を微塵《みじん》に切り刻む。

少し離れた場所では、聖霊剣《グラム》を解放したリサが、地上で暴れている魔物を凍り付かせている。

この分ならとりあえず被害は最低限に抑えられそうだと考えるが……。

「何だ？」

魔眼がズキンと疼《うず》く。

近くで一際大きな魔力が生まれたのを察知して、僕はそちらへ――教会だと思われる荘厳な建物の屋上に視線を向けた。

「クラウ――」

そこに立つ少女の名前を僕は口にする。

クラウは光り輝く長剣を手に、空を睨んでいる。

何をしているのかと僕が思考する暇もなく、彼女は剣を振り上げた。

カッ――と凄まじい輝きに辺りが白く染まる。

それはまるで地上から空を穿《うが》つ、逆《さか》しまの雷。

巨獣の咆哮のごとき轟音《ごうおん》が響き渡り、大気をビリビリと震わせた。

そこで気付く。

彼女の光が放たれた先、帝都の直上にも魔力の気配があることを。

白光を裂き、地上へ急降下してくる巨大な影。

「ドラゴン……！」

浮き上がるその輪郭を見て、僕はその種族を表す女神言語《デアスペル》を呟いた。

それはワイバーンとは違い、個体全てが生まれながらに魔導器官を持つ超大型の魔物。

しかもこの時代におけるそれではなく、僕の時代にそう呼ばれていた〝魔術を使う生物〟。現代では〝大魔《デヴォル》〟と名付けられたモノ。

——クラウはあれに気付いて攻撃をしたのか。聖霊剣《グラム》の力を解放して……。

彼女の聖霊剣《グラム》は、時間を奪うという。だからこそ、リサはあんなことをしてまで僕に協力を迫ったのだ。

「クラウ——ッ！」

遠くからリサの叫びが届く。

彼女もクラウが何をしたのかに気付いたのだろう。

今すぐクラウを止めなければと思い、彼女の元に跳ぼうとするが……。

――違う。僕がすべきことは、〝ここまでした〟クラウに応えることだ。

彼女の放った光はドラゴンに直撃している。しかしドラゴンは降下の勢いを削《そ》がれつつも、輪郭を保ったまま地上に迫っていた。

恐らく分厚い魔力障壁で体を守っているのだろう。

クラウが僕の方を見る。

細かな表情など読み取れない距離なのに、何故か彼女が何を言いたいのか分かった。

『ラグ様、あとは頼みます』

彼女の視線にはそんな意思が込められているような気がした。

たぶんクラウの攻撃は、他の誰かに――僕にドラゴンの接近を報せる意図もあったのだと思う。

「任せて、クラウ」

僕は小さく呟き、右目の魔眼に意識を集中した。

瞳に八芒星が浮かび上がり、周囲の〝光〟に満ちる魔力が魔眼を介して僕へと流れ込む。

接近するドラゴンから感じる魔力も大きく膨れ上がっていく。

ドラゴンは例外なく〝魔肺〟という魔導器官を持ち、空気から魔力を取り込むのだ。

魔力の吸収効率は魔眼の方が上だが、ドラゴンの魔肺は非常に大きいため、魔力量での差はそこまでない。

僕は心の中に〝刃〟を創り上げ、太陽の魔眼で敵を見据える。

「グォォォォォォォオォォォォォォォンッ‼」

ドラゴンが咆哮し、クラウの白光を突き破る黒い光を放った。

それこそドラゴンが使う魔術――竜咆《ドラグナー》。

膨大な魔力を破壊力に転化した漆黒の閃光《せんこう》。

だがどれだけ強大な存在でも、強力な攻撃でも、刃が届きさえすれば斬り裂ける。

必要なのは狙いを定めること。

刃を振るう先を女神言語《デアスペル》で指定する。それが僕の概念魔術を成立させるために必要な条件。

逆に言えば対象の女神言語《デアスペル》が分からなければ、刃を当てることはできないのだが――今回に関しては何も問題はない。

「我が刃よ《エッジ・オブ・ラグ》――竜を断て《ドラゴン・スレイヤー》」

姿なき剣を、声に乗せて振るう。

竜という属性を標的にした刃は、ドラゴンと竜咆を同時に両断する。

ザンッ――。

その瞬間、音が絶えた。

一閃《いっせん》。

闇の光が、巨大なドラゴンが、縦一文字に斬り裂かれ――虚無の残痕が天地を結ぶ。

ただの残骸となった闇とドラゴンは、クラウの放つ聖霊剣《グラム》の光に呑まれ、跡形もなく消滅した。

クラウの方に目をやると、彼女は満足そうに笑っている。

けれど突然彼女の体が揺らぎ、バランスを崩して屋根から地上へと落下した。

「――――」

既に僕は動いている。

重力制御の魔術を発動中だった僕は、彼女の元へ跳躍し――ふわりとその体を受け止めた。

「すぅ……すぅ……」

心地好さそうにクラウは寝息を立てている。

――これが、時間の代価か。

「ふざけてるな……」

胸の奥からじわりと熱い感情が滲《にじ》み出《で》た。

誰かを救った人間が報われないのは間違っている。

だから僕は命を救ってくれた師の力になるため、必死で努力したのだ。

「クラウーっ!!」

そこにリサが駆け寄ってくる。

彼女の僕の腕の中ですやすやと眠るクラウを見て、がくりと膝を突いた。

「そんな……こうなるのは分かってたのに——馬鹿よ、あなたは……」

クラウの手を握り、リサは悔しげに呟く。

「クラウはどれぐらいの時間、眠ることになるんだ?」

「……分からない。けど、今回クラウは全力で聖霊剣《グラム》を振るったはずよ。下手したら何年も……ううん、死ぬまで目覚めないかも」

「なら、今すぐに試してみるしかないね」

僕は腰の剣帯に杖を固定し、クラウを抱え上げて立ちあがった。重力制御のおかげで重さはほとんど感じない。

「試す?」

呆然と問い返してくるリサに頷く。

「検証したいことがあるってさっき言っただろう? もしかしたら……何とかできるかも

しれない」

「ホ、ホントっ⁉」

縋《すが》りつくような勢いでリサは僕に迫った。

「ああ――けどその前に、僕がこれから言うこと、見せることは秘密にして、詮索はしないと約束してくれるかい？」

「約束でも何でもするわ。ラグ君は、あたしが全てを差し出す覚悟だったことを忘れたのかしら？　あなたこそ、本当にクラウを助けられるの？」

即答したリサは逆に試すような眼差しで僕を見る。

「――そうだったね」

苦笑した僕は、自分の秘密を告げた。

「もちろん助けてみせる。何しろ僕は――この時代の皆を救う〝賢者〟なんだから」

「…………けんじゃ？」

身構えていたリサはきょとんとした顔で首を傾《かし》げたのだった。

第四章　聖霊の迷宮

1

先ほどの人気がない公園に戻ってきた僕らは、一度芝生の上にクラウを寝かせてから向かい合う。

あのドラゴンを最後に魔物の襲撃は終わったようだが、通りの方からは人々のざわめきが微《かす》かに聞こえてくる。

「街はもう大丈夫かしら……」

心配そうに通りを振り返るリサ。

「魔力――いや、魔物の気配はもう感じない。後は片付けぐらいだろうし、申し訳ないけど他の人に任せてしまおう。今はクラウのことが優先だ」

「そうね……でも、こんなところへ来てどうするの？」

疑問でいっぱいのリサは、横目でクラウを見ながら問いかけてきた。

「リサはクラウと一緒に聖霊剣《グラム》を探したんだよね？」

だが僕は返事の代わりにそう訊《たず》ねる。

「え、ええ」

「だったらクラウが契約した聖霊がいる場所も分かるわけだ」

「まあ……その聖霊の迷宮はあたしたちが探し出したものだから」

戸惑いを見せつつ、リサは首を縦に振る。

「じゃあここから大体の方角が分かるかい？」

「それは——えっと、ああ、あっちよ」

彼女はわずかに傾き始めた白き太陽の方角——西を指差した。

「距離は？」

「大外壁の向こうに薄《うっす》らと山脈が見えるでしょ？　その中で一番高い山の火口に迷宮の入り口があるわ」

「——分かりやすいな。これなら一回で転移できそうだ」

目を細め、目標を見定める。

「転移っていったい——」

「説明は見た方が早い。僕に掴《つか》まって」

眠るクラウを背負い上げた僕は、片手で彼女の体を支えつつ、もう片方の手をリサに差し出した。

「こ、こう？」

先ほどはあんなに大胆なことをしていたのに、彼女は赤い顔で恐る恐る僕の手を握る。

そんな反応をされて僕もドキリとするが、今は頭を切り替えて集中した。

「彼の腕よ《アーム・オブ・リンネ》――地の隔てを奪え《ホライゾン・スティーラー》」

女神言語《デアスペル》を用いて紡ぐのは、重力制御と同じく、師が編み出した概念魔術。

途端に視界が歪《ゆが》み、周囲の音が途切れる。

足元が抜けたような浮遊感を覚えた直後、一瞬の暗転。

暗幕が開くように周囲に明るさと色が戻ると、そこはもう雪に覆われた山の頂。

冷たく澄んだ空気が鼻孔に流れ込み、吐いた息が白く染まる。

「へっ⁉　う、嘘《うそ》⁉　何であたしここに――はわっ⁉」

周囲を見回して慌てた彼女が足を滑らせて尻餅をつく。

「大丈夫かい？」

捲《まく》れたスカートから下着が覗《のぞ》いているのに気付いて視線を逸《そ》らしてから、そう訊ねる。

「え、ええ……平気よ。でもいったいどうやってここまで……くしゅん！」

立ちあがったリサは、体を震わせてくしゃみをした。クラウの口から僅かに漏れる寝息も白い。

「ごめん、それは教えられない」

疑問が溢《あふ》れるのは分かるが、この時代の人間には説明できないことなので首を横に振る。

「……分かったわ。正直、幻覚でも見ている気分だけど……詮索しないと約束したものね。それにクラウのことが何より優先だもの……はっくちゅん！」

再びくしゃみをするリサ。

「この格好だとかなり寒いね」

苦笑しながら僕はすり鉢状に窪《くぼ》んだ火口を見下ろす。

長く噴火はしていないらしく、火口には水が溜《た》まって小さな湖になっていた。

その湖に続く斜面に、不自然な横穴が空いている。

「あそこか、行こう」

僕は繋《つな》いだままだったリサの手を引き、斜面を下り始めた。

「う、うん」

体を縮めて寒そうにしている彼女は、素直に僕についてくる。

横穴に辿《たど》り着《つ》くと、その少し奥に穴を塞ぐ黒い壁が見えた。表面には幾何学模様が彫られており、取っ手や鍵穴は見当たらない。

「これは？」

一度ここを訪れているはずのリサに問いかける。

「……聖霊の迷宮へ続く門よ。十五歳の人間だけが中へ入れるけど……今は無理なはず……持ち出された聖霊剣《グラム》が壊れるまで、聖霊は次の剣士と契約しないから」

畏怖の混じる眼差《まなざ》しを門に向けながら、僕に答えるリサ。

「ふうん、そういうルールなんだ」

リサと繋いだ手を解いて、門を観察してみる。

右の魔眼がずきりと疼《うず》く。

一見すると石か金属で出来ているようだが、これは――。

「……魔力障壁か」

あまりにも密度の高い魔力の壁は光さえ遮断し、黒い物質のように見えているのだろう。

――表面の幾何学模様は暗号化された女神言語《アスペル》みたいだな。

魔眼で解析できなかった聖霊剣《グラム》の力とは違う。これは明らかに〝魔術〟だ。

解読には時間が掛かりそうだったが、既にリサからヒントは貰《もら》っている。

――確かに、解錠条件に十五歳の人間という項目はあるな。

しかしそれはあくまで鍵の一つ。全て解読しなくとも、その条件だけでは門が開かないことは分かる。

加えてこの時点で解錠者条件に聖霊は当てはまらない。つまりこの壁は聖霊が自由に出入りできるようには作られていないことになる。

――もしかして聖霊はここに棲《す》んでいるんじゃなく、出られないんじゃ……。

「十五歳の人間がこの壁に触れれば、鍵はわずかに緩む。それを利用して、中にいる聖霊が強引に人間を招き入れているのか……？」

「え？　ラグ君、何言ってるの？」

眉を寄せて聞き返して来るリサ。

「僕には、聖霊がこの迷宮に閉じ込められているみたいに見えるってことさ。この解釈は間違ってるかな？」

そう問い返すと、彼女は戸惑いながら答える。

「えっと、聖霊は地上に出てこられないから、あたしたちに力を授けてくれるって聞いたけど――閉じ込められてるなんて思ったことはないわ。っていうか誰にそんなことができるのよ？」

「さあ、僕もそれが知りたいよ」

いくつかの仮説は思い浮かんだが、どれも確証はないので今は口にしないことにする。

とりあえず僕もこの門を強引に開けるしかないかと、手の平を押し当てた。

グォン！

その瞬間、門に刻まれていた幾何学模様が光り輝き、手がするりと門の中にめり込む。

「っ!?」

バランスを崩しかけた僕は前のめりになって、数歩前に進んだ。

「え？」

そこはもう薄暗い洞窟の中。

周囲には淡く発光するコケのようなものが生えていて、行く手をぼうっと照らしている。

振り返れば、半透明になった黒い門の向こうに、唖然《あぜん》としているリサの姿が見えた。

「ラ、ラグ君！」

リサが慌てて僕の方に駆けてくる。

彼女が半透明になった門を潜《くぐ》り抜《ぬ》けた直後、門は再びのっぺりとした黒い壁に戻ってしまう。

「一時的に、門が解錠した？　僕はまだ何もしていなかったのに……」

少しずり落ちかけていたクラウを背負い直し、門を魔眼で観察する。

「聖霊が開けてくれたのかしら？」

リサは周囲を見回して呟《つぶや》いた。

「いや……たぶん違う」

理由は一つ思い付く。その前提で解読を試みて、僕は理解した。

ぞくりと背筋が震える。

――この門の鍵は〝僕〟だ。

ラグ・ログラインが門を開くキーとして登録されている。十五歳時点での僕の生体情報が鍵となっているのだ。

「どうして……」

驚きにしばし立ち尽くす。

何故《なぜ》、千年後の世界の……しかも聖霊という未知の存在が棲む場所の鍵が、僕なのか。

少なくともこの門を作った人物は、僕がこの時代に現れると知っていたことになる。

該当するのは師やその関係者、彼らの子孫や後継者。

――クラウの件を解決するだけじゃなく、聖霊には色々と聞かなきゃいけないことがあるな。

「リサ、行こう。この洞窟の先に聖霊がいるんだよね？」

頭を振って気合を入れ直し、リサに問いかけた。

「ええ、丸一日ぐらい歩き続ければ着くはずよ」

彼女は頷《うなず》くが、掛かる時間を聞いて僕は顔を顰《しか》める。

「それはよくないな。寮の夕食までには、三人で帰らないといけないのに」

せっかくの歓迎会を放り出すわけにはいかない。

「で、でもどうしようもないわよ」

戸惑うリサに僕は首を横に振る。

「何とかなる。ちょっと近道をさせてもらおう」

僕は周囲の魔力を探る。

あの門は地表に表出した一部であり、球状の障壁が地下の空間を覆っている。そして空間の中心部に、強い魔力を感じた。

――少しばかり手荒いけど、遠慮はしないよ。

クラウにこんな代価を強いた相手を気遣うつもりはない。

「大地《アース》よ――退《リジエクト》け」

ズンッ！

重い音が響いて、前方の地面に穴が空く。

「へっ……!? な、何？」

状況が理解できていないリサは、恐る恐る穴の縁に近寄って見下ろした。

「わ――下の……そのまた下の階層まで穴が……深くて底が見えない……」

ごくりと唾を呑《の》み込《こ》む彼女に言う。

「聖霊のいる場所まで開通したはずだよ。一気に降りよう」

「え？」

ぽかんとするリサの腕を掴み、僕はクラウを背負ったまま穴へと飛び込んだ。

「ひゃっ――――きゃあああああああああああっ⁉」

リサの悲鳴が洞窟内に反響する。

「暴れないで。大丈夫だから」

当然ながら重力制御の魔術は発動させたままなので、ちゃんと降下速度は調整していた。

下方を見ていると、ぼうっとした白い光が浮かび上がる。

少し速度を上げて光の中に舞い降りると――そこはかなり広い半球状の空間だった。

その空間もまた、格子状の魔力障壁で編まれていることに気付く。

門よりもさらに強い魔力が込められた格子は発光し、その光が空間を照らしていた。

「……檻《おり》」

まるでそれは巨大な鳥かご。閉じ込められているのは――恐らく〝あれ〟。

周囲より少し高い岩棚の上でうずくまっている白く巨大な姿。

ドラゴンに似ているが、たぶんそれは形だけ。

僕の魔眼は、竜の全身から魔力の気配を感じ取っていた。

――あれは生物じゃない。

魔眼でも読み解けない別の〝理《ことわり》〟によって成り立つ何か。

ただ、その名称だけは既に知っている。

自分が緩やかに降下しているのだとようやく理解したリサが、白き竜を見て呟いた。

「聖霊——」

「…………」

聖霊は青い瞳でこちらを見つめている。

僕らは地面の上にふわりと降り立ち、巨大な聖霊と相対した。

近くで見上げると、その威容は魔物と一線を画している。蛇のように長い胴と体を覆う白い鱗《うろこ》、頭部から首筋には白い鬣《たてがみ》が生え、翼も柔らそうな羽毛で覆われていた。

そこにはこの時代の人々が畏怖するだけの神々しさが確かにある。

『何者だ』

声ではなく、頭の中に直接声が届く。聖霊も口を動かしてはいない。

これもまた魔術とは違う法則で動作する力なのだろう。

いきなり攻撃されることも想定していたので、向こうから会話を求めてくるのなら都合はいい。

「僕は——ラグ・ログラインだ」

名乗って反応を見る。

本来は僕だけが入れるように作られた迷宮だ。その理由は分からない。

しかしその中にいる聖霊ならば、何か知っている可能性はある。

それを期待して反応を待つが、聖霊は表情を変えずに問いかけてくる。

『どうやってここへ来た』

――僕の名前は知らないのか。

ますます謎は深まるが、さらに情報を引き出そうとするとこちらの事情を開示しなければならなくなる。それはまだ少し早い。

「普通に門を通って」

僕は余計なことは言わないことにして、簡潔に答えた。

迷宮の成り立ちについて探るのは、クラウの件が何とかなってからでいい。

『……外から鍵を開けたというのか』

聖霊は目を細めて呟くと、長い首をもたげて体を起こす。

元から大きな体が二倍近くになったかのようで、隣のリサが反射的に一歩後ろへ下がって、僕の手を強く握った。

『興味が湧いた。暇つぶしに用件を聞いてやろう』

聖霊は高みから重々しく告げる。

「君と契約したクラウ・エーレンブルグが、聖霊剣《グラム》の代価によって眠りについた。彼女の代価を解除して欲しい」

　前置きは不要と判断し、いきなり本題を切り出した。

『断る』

　返答は短い。

　だがもちろんここで引き下がりはしない。

　今も背負っているクラウを視線で示し、僕は言葉を続ける。

「クラウは街の人たちを守るために、聖霊剣《グラム》の力を使った。その代償がこれなんて、あんまりだと思うけど」

『お前の価値観に興味はない』

「魔物は聖霊にとっても敵だから、人間に力を貸しているんじゃないのか？　それなら代価なんて非効率的だよ」

　感情論は通じないようなので、今度は理屈で攻めてみることにした。

『愚かな』

　しかし返ってきたのは、嘲笑交じりの言葉。

『確かに〝魔王〟は私たち聖霊にとっての仇敵《きゅうてき》。ゆえに見込みのある者には力を貸すが──契約者として相応《ふさわ》しくない剣士に期待するほど楽観的ではない』

「クラウが最後の試練を突破できなかったことを言っているのか？」

問い返すと、聖霊は耳元まで裂けた口を歪める。

『その通り。どうせ役に立たぬ者であるのだから、代価に翻弄される姿を眺めて楽しませてもらうのだ』

「…………楽しむ？」

胸の奥がざわりと騒ぐ。

一瞬、聞き違いかと思った。けれど聖霊の美しい瞳に宿る嗜虐《しぎゃく》的な色を見て、今の言葉が本心であると悟る。

『ああ、地の底に封じられし私たちは無為な時間に飽いている。魔王への怒りと憎悪に身を焦がしながらもそれを晴らせぬのであれば――後は時折訪れる小さきヒトで〝遊ぶ〟ぐらいしか、楽しみがないのだよ』

リサの手に力がこもるのを感じた。

僕も、胸の内から湧き上がった感情で体が熱い。

そんな自分を落ち着かせるために一度深呼吸をしてから、リサに抑えた声で問いかける。

「リサ、聖霊っていうのは……皆、こいつみたいに性格が悪いのかい？」

もう僕には、この聖霊を〝神のような存在〟として敬う気持ちはなくなっていた。

「いえ――あたしの契約した聖霊は、とても清廉で気高い方だったわ。でも代価を課す聖霊には……気難しい方も多いみたい」

その聖霊の前であるため言葉を選んでいるが、リサの表情にも怒りが滲《にじ》んでいる。

「つまり、単にこいつがクズだってことか」

『何？』

不愉快そうな聖霊の声が聞こえたが、無視してリサに言う。

「少しの間、クラウを頼む」

「わ、分かったわ」

僕の背からクラウを受け取り、後ろの地面に寝かせるリサ。

身軽になった僕は腰から師の杖《つえ》を抜き、聖霊を睨《にら》む。

「最後の質問だ。お前はいったい、クラウにどんな試練を課した？」

するとと聖霊はリサを視線で示して言う。

『そこの娘を斬れと命じた。友さえ斬り捨てる覚悟と冷徹さこそ、私の契約者として相応しい資質だ』

「っ――」

奥歯を噛《か》みしめる。

誰かのために剣を振るうクラウが、そんな試練を受け入れられるはずがない。それに……。

「嘘を吐くな、聖霊」

ここまでの会話でこいつの性格は分かっていた。

「お前はその方が〝楽しい〟と思っただけだ。違うか」

すると聖霊は獰猛《どうもう》に牙を剝《む》く。

『よく分かったな。その通りだ』

怒りが沸点を超える。

だが――行動に出たのは僕より〝彼女〟の方が早かった。


「目覚めて――〝猛き氷狼《グラキエス》〟！」


リサの声が響き、彼女が抜き放った刃の刀身から凍えるような冷気が溢れ出る。

「たとえ聖霊でも、今の言葉だけは許せない！　クラウの覚悟を……想《おも》いをもてあそんだあなただけは……!!」

そう叫んでリサは剣を振った。

その軌跡が氷の刃となり、聖霊へ向けて高速で放たれる。

パキィイン！

けれど彼女の攻撃は聖霊に届く前に砕け散った。

「そんな――」

は影。真体である私に及ぶはずもない』

　愕然《がくぜん》とするリサ。

　聖霊の全身から漏れ出る濃密な魔力が、障壁となってリサの攻撃を阻んだのだ。

『無駄なことを。お前は別の聖霊と契約したようだが、たとえ顕現を用いたところでそれは影。真体である私に及ぶはずもない』

「くっ……！」

　リサはさらに攻撃を放つが、どれも聖霊に届かない。

『だが、その必死な様は愉快だ。お前を新たな契約者にしてやってもよいぞ。ただ——やはりお前にも友を斬ってもらうことになるがな』

「っ——ふざけないで‼」

　激昂《げきこう》したリサは、全身全霊の一撃を繰り出す。

　触れるもの全てを凍らせる青い冷気が、聖霊の巨体をも呑み込んだ。

『フッ——ハハハハハッ‼』

　だが哄笑《こうしょう》と共に彼女の冷気も、周囲を覆った氷も、粉々に砕け散る。

「ダメ……力が、違い過ぎる」

　聖霊剣《グラム》を振るうと体力を消耗するらしく、リサは荒い息を吐いて悔しそうに表情を歪めた。

「ごめんね……クラウ、あたし……本当に無駄なことしてるよね。怒るならあの時——あなたにじゃなく、この聖霊に怒るべきだったのに……」

後ろのクラウをちらりと見たリサは、小さな声で謝る。

「いや、無駄じゃない」

しかし僕は、そこで彼女の言葉を否定した。

「え？」

驚くリサ。

『お前は何をするというのだ？』

聖霊はいたぶるような眼差しを僕に向ける。

この聖霊にとって、これも恐らくただの暇つぶし。不意に訪れた珍しい人間で遊ぶつもりなのだろう。

けれど、この聖霊は知らない。僕が――神に歯向かうため過去からやってきた賢者であることを。

「こいつみたいに良心が欠けた相手は、力ずくで言うことを聞かせるしかないんだよ」

体の内にある魔力を練り上げながら答える。

『フハハハハハハハッ‼　力ずくだと？　人間ごときがふざけたことを抜かす！』

聖霊は咆《ほ》え、僕らを哀れむように見下ろした。

『その娘とは違い、お前は聖霊剣《グラム》すら持っていない。外から門を開けたことについて興味はあるが……今の戯言《たわごと》を聞き流せるほどではないぞ』

僕が鍵そのものだとは気付いていない様子で呟く聖霊。

『思い上がりを悔い、滅べ人間ども。それで私の無聊《ぶりょう》も少しは慰められる』

竜の姿をした聖霊は、口を大きく開いた。その内側に眩《まばゆ》い光が満ちる。

僕らを一気に消し飛ばすつもりだろう。

「ラ、ラグ君！　聖霊が——！」

リサが焦った声を上げ、聖霊剣《グラム》を構えた。

「大丈夫。この攻撃は、一、いいい、度見ている」

僕がそう言った直後、聖霊の口から白い閃光《せんこう》が放たれる。

それはクラウが聖霊剣《グラム》で放った閃光に酷似していた。彼女の剣がこの聖霊の力を借りたものであるのだから、それは当然。

——竜種の使う竜咆《ドラグナー》じゃない。未知なる聖霊の力……！

しかし術式の解読ができずとも、見て分かることもある。

ボルトが顕現させた聖霊を斬った時のように、媒介となる属性を指定すれば——。

「我が刃よ《エッジ・オブ・ラグ》——閃光を断て《シャイン・スレイヤー》」

光を裂く虚無。

それは形なき刃が奔《はし》り抜けた軌跡。

斬り裂かれた閃光は細かな粒子となって、空気に溶ける。

『馬鹿なっ……!?』

閃光のブレスを断ち切られた聖霊の驚愕《きょうがく》の声が聞こえた。

さらに間髪いれず追撃を放つ。

「風よ断て《エアブレイド》」

バンッ！

鋭い風の刃は聖霊の魔力障壁と激突し、相殺された。

だがその衝撃で聖霊の体が傾《かし》ぐ。

『何だと――』

目を見開く聖霊の姿を僕は見つめる。八芒刻印《ソル》を灯《とも》した〝太陽の魔眼〟で。

――断て、断て、断て、断て、断て！

魔眼を介することで詠唱を省略し、連続して魔術を行使。

ドドドドドッ!!

衝撃音が連続し、聖霊の体は上下左右に揺さぶられる。

瞳から魔力を吸収し続けることで魔術の威力は増し、ついに聖霊の魔力障壁を突破した。

ドンッ!!

聖霊に風の刃が直撃する。

『ガァァァァァァッ!!』

苦痛の咆哮《ほうこう》が轟《とどろ》く。

「どうかな？　そろそろ気は変わった？　変わらないのなら、君を倒すことでクラウとの契約を解除させよう。そうすれば呪いじみた代価も無効になるはずだからね」

『っ——舐《な》めるな！　人間ごときがっ!!』

憤怒《ふんぬ》の眼差しでこちらを睨み、聖霊は両翼を大きく広げた。

すると白い羽毛で覆われた翼が黒い炎に包まれる。

——来た。

ボルトが聖霊を顕現させたときも見た光景。

見紛《みまが》うことのない魔神の炎。

『燃え尽きよ』

漆黒に変じた翼から、無数の炎弾が放たれる。

「に、逃げ場がないわ!?」

リサがとっさに剣を振るって氷の壁を展開した。

だが炎は氷壁を容易《たやす》く貫いて僕らに迫る。

僕はその全てを魔眼で見つめ、言の葉で刃を振るう。

「我が刃よ《エッジ・オブ・ラグ》——禍炎を断て《フレア・スレイヤー》」

禍々《まがまが》しい黒い炎が、僕らを焼き尽くさんとする数多《あまた》の流星が、形なき無尽の刃で千々に散る。

奔る虚無の残痕。

『信じられぬ——これではまるで……！』

ようやく聖霊の瞳に畏れの色が浮かんだ。

「その力を見せてくれてよかったよ」

僕は聖霊を静かに見つめて言う。

実を言えば、少々手詰まりだったのだ。聖霊の攻撃を凌《しの》ぎ、魔術でちまちまとダメージを与えることは可能でも、その体を〝斬り裂く〟のは難しかったから。

顕現による〝影〟とは違い、目の前にいるのは正体不明の聖霊そのもの。

聖霊を表す女神言語《デアスペル》は存在せず、魔眼でも術式の構造や真名を読み取れない。

ゆえにドラゴンを相手にした時とは違い、刃を振るう先を指定することはできない。

現状では、聖霊の本体を直接斬り裂くことは不可能。一つ奥の手はあるものの、それでは少し〝やりすぎて〟しまう。

でも今の攻撃で、ちょうどいい〝斬り方〟が見つかった。

女神言語《デアスペル》で定義されない聖霊にも、一つだけ隙はあったのだ。

「僕は聖霊を知らない。知らないモノ、未知の存在を、斬ることはできない。それは概念魔術全般の弱点だ。でも——その炎なら知っている」

かつて僕は世界を焼き尽くす〝降炎《メギド》〟を目にした。

猛《たけ》る魔神の眷属《けんぞく》と、黒き太陽から顔を出した〝魔神そのもの〟を魔眼で見た。

その時から、僕の瞳には魔神の真名が刻まれている。

それは人間の声帯では正確に発音できない女神言語《デアスペル》。

だから心の中で形作った僕の刃だけが魔神に届く。

太陽の魔眼で聖霊を——彼が纏《まと》う黒い炎を見つめ、胸の内で女神言語《デアスペル》を唱える。

——我が刃よ《エッジ・オブ・ラグ》、魔神を断て《[redacted]・スレイヤー》!!

それは魔眼を介する無詠唱でのみ発動可能な、魔神を斬るためだけの魔術。

全力の魔力放射によって、聖霊の巨体を包み込むように魔眼の八芒刻印《ソル》が浮かび上がる。

青く輝く太陽の刻印——その内側は、いわば魔眼の内側。

瞳の中に、僕の心の内に捉えた聖霊に、虚無の刃が振るわれた。

ヒュオンッ!!

甲高い斬撃の音が響く。

『が――』

その瞬間、聖霊はぴたりと動きを止めた。

翼を包み込んでいた黒い炎に幾多もの残痕が刻まれ、火の粉となって消える。

元の白き姿に戻った聖霊は、そのまま糸が切れたように地面へ倒れ伏した。

ズゥゥゥゥゥンと重い音が洞窟内を震わせる。

「聖霊を……斬っちゃったの？」

リサが剣を構えたまま呆然《ぼうぜん》と呟く。

「僕が斬ったのは、あくまで聖霊の一部に過ぎない。それでどうなるかは……まだ分からないな」

僕は油断せず、倒れる聖霊を観察しながら答えた。

聖霊という存在に含まれる魔神の要素、それを僕の刃は切断したはずだ。

ただそれが聖霊の致命傷になるのかどうかは分からない。あとは魔術をひたすらぶつけて魔力を削り取るという手段しか残されていないのだが、今はあえて何もせず聖霊の様子を見守った。

――リサが契約した聖霊は、清廉で気高いらしい。もしその性質の差が、魔神の因子によるものだとしたら……。

ボルトの〝熱き岩鬼《アギ・オウガ》〟も魔神の炎を宿し、使い手に代価を課していた。他の聖霊を知らないので楽観的な考えだという自覚はあるけれど、待つだけの価値はきっとある。

だがしばらくすると聖霊の体が輝き始め、その輪郭が光の粒子となって縮み出した。

――ダメか。

魔神の炎を切除したことで聖霊が改心してくれることを期待していたが、そう都合よくはいかなかったようだ。

聖霊が滅びれば代価も消えるだろうが、同時に聖霊剣《グラム》も崩れ落ちるだろう。命の方が大事ではあるものの、クラウの夢を断つ結果となったことに悔しさを感じる。

「え？　な、何これ？」

けれどリサの戸惑いの声を聞いて、僕は異変に気付いた。

崩れていく聖霊の中から薄らと別の輪郭が現れる。

それは、幼い少女の姿をしていた。

白い角と尻尾に翼という竜の特徴を残しているが、基本的には人間の姿をした――僕らより年下の女の子。

周囲に散っていた粒子は彼女の元に集束し、明確な実体を取り戻す。服は薄い布を巻きつけたような感じで、胸と下腹部を最低限覆っている。

彼女は銀色の瞳で僕をじっと見つめると、ぺたぺたと裸足《はだし》で近づいてきた。

「おはよう」

「お、おはよう？」

挨拶された僕はとりあえず返事をする。

何が起きたのか理解が追いつかない。

「コレは、ルクシオン――ルクスでいい。今、生まれた」

自分の胸に手を当てて名乗る少女――ルクス。

「今生まれた？　クラウが契約した眩き光竜《ルクシオン》とは……また別の聖霊なのか？」

まさかこんな事態になるとは思っておらず、冷や汗が頬を伝う。

「人型の聖霊なんて初めて見たわ……」

リサも唖然とした表情を浮かべていた。

「別じゃないけど、前のルクスはもういない。今のルクスは生まれ変わった新しいルクス。あなたがルクスの中の魔神を消したから、こうなった」

ルクスは少女になった体を確かめるように、その場でくるんと回転する。

「魔神を消すと……女の子になるのか？」

その理屈が分からず、僕は眉を寄せた。

「うん。だって聖霊は、滅びた女神と魔神の残滓《ざんし》から生まれた〝理〟だから。前のルクスは魔神の性質が濃くて性格が捻《ひね》くれてたけど、あなたがそれを完全に切除したことでルクスは限りなく〝女神〟に近づいた。今のルクスは、たぶん良い子」

「聖霊が滅びた神々の残滓……」

それは僕が求めていた情報の一つ。だが……。

──魔神が既に滅ぼされているのは、黒き太陽がないのを見た時点で分かっていた。でもまさか女神までなんて。

僕の時代では全ての母として信仰されていた女神が滅んでいたことに、少なからず衝撃を受ける。

ただ賢者としての冷静な部分では、ルクスが少女の姿に変じた理由に納得していた。

聖霊が女神と魔神の残滓で構成されているのなら、魔神を取り除くことで女神に──美しい少女の姿となるのは当然に思える。

「だから、ルクスを生んだのはあなた。あなたがパパ」

しかしその思考もルクスの衝撃発言で吹き飛んだ。

「パ、パパ⁉」

「そう。パパになるのは嫌？」

ちょっと残念そうな顔で首を傾げるルクス。

「えっと、嫌というか何というか……」

言葉を濁すしかないが、ここで聖霊の機嫌を損ねるのはまずいと気付く。

せっかくさっきよりはまともな聖霊に生まれ変わったのだ。ここで当初の目的を果たさなければ。

「——別に構わないけど、僕をパパと呼ぶのならお願いを一つ聞いてくれないかな」

「いいよ」

特に迷う様子もなくルクスは頷く。

「クラウに課した代価を、なかったことにしてくれ」

「それは無理」

「え？　どうして——」

今度こそ行けそうだと思っていた僕は、彼女に聞き返した。

「契約は契約。なかったことにはできない。でも……軽くするぐらいならできる」

それを聞いたリサが会話に割って入る。

「そ、それならグラウは目を覚ます？」

「うん。今のままだと数ヵ月眠り続けて衰弱死するだろうけど、最大限軽くしたら一時間ぐらいで目覚める」

僕はしばし考え、ルクスに言う。

「それでいい。頼む」

代価が消えない以上、やはりクラウは聖騎士《パラディン》としてハンデを背負うことになる。だが奪われる時間がその程度で済むようになるのなら、これまでよりもリスクは減るだろう。

「分かった」

ルクスはちらりと床に寝かされているクラウの方を見た。

「終わった」

「……呆気《あっけ》ないな」

視覚的な変化はないのであまり実感はない。

ただ心なしかクラウの寝顔が柔らかになったように思えた。

「もう少し待てば目を覚ますのね……」

リサはクラウの横に膝を突き、安堵《あんど》の表情で彼女の頭を撫《な》でる。

「ああ、何とか夕食には間に合いそうだ」

「――そうね。ホントに間に合わせるなんて、ラグ君はすごいわ」

楽しげに笑うリサ。

「もしかして……もう帰る？」

するとルクスが少し寂しそうに問いかけてくる。

「ああ、そのつもりだよ」

「じゃあ、その前にルクスもパパにお願いしてもいい？」

ルクスはじっと上目遣いで見つめてくる。

こちらの頼みを聞いてもらったこともあり、断れるような雰囲気ではない。

もし外から門に入れた理由などを聞きたいのなら、別に教えても問題はないだろう。

「僕にできることなら」

そう答えると、ルクスの顔がわずかに綻ぶ。

「それなら――」

彼女が口にした言葉は、またもや僕の予想を超えたものだった。

2

「入学おめでとうーっ！　そして天牛隊《タウルス》へようこそーっ‼」

夕方、タウルス寮の食堂。

たくさんの料理が積まれた長机の前に座った新入生四人――僕、ラグ・ログラインとリサ・フリージア、オリヴィア・コーラル、そして眠りから目覚めたクラウ・エーレンブルグは、先輩たちからの歓迎を受ける。

「今夜は入学祝いと、魔物の軍勢を見事討ち滅ぼした祝勝会だよ！　特にラグくんの活躍はすごかったね！　大魔《デヴォル》を一刀両断したあの一撃は、聖騎士《パラディン》みんなが驚いてたよ！」

　天牛隊《タウルス》の隊長であるスバルは、エプロンを着けたままの格好で僕を褒めた。

「いや、あれはクラウが気付いて足止めしてくれたおかげで……」

　あの戦いで自分が思った以上に目立っていたことを知り、慌てて状況を説明しようとするが、スバルは笑顔で僕の肩をバンバン叩《たた》いた。

「謙遜はいらないよ。すごいものはすごい！　褒められる時は褒められておけばいいのさ！　他の皆も入学したばかりなのに頑張ってくれてありがとう！　さあさあ、食べて食べて！　君たちのために準備したんだから！」

　スバルはそう言って料理を食べるよう勧める。

　数時間前に帝都は魔物の襲撃を受けたが、〝円卓《ラウンズ》〟と聖騎士《パラディン》たちの活躍で被害はほとんど出ていない。

　突然の事態に住民は怯《おび》え、夜の街は静まり返っているが、聖騎士《パラディン》たちの仕事は一段落したので僕らの歓迎会は予定通りに開かれたのだ。

「そうだよー！　私たちも食べるから、早くしないとなくなっちゃうからね～！」

　入学式で司会を務めていた先輩は、早速フォークを握って僕らを促す。他の先輩たちはこの機会にかこつけて騒ぐのが目的らしく、既に他のテーブルで盛り上がっている。

「い、いただきますっ！」

恐縮していたクラウが手を合わせ、先陣を切った。

「あ──熱っ……！　で、でも美味《おい》しいです‼」

出来たてのミートボールを頬張ったクラウは、はふはふしながらも笑顔を浮かべる。

そんな彼女を見て、自然と頬が緩む。

──本当に、よかった。

隣を見ると、リサも嬉《うれ》しそうに──今にも泣き出してしまいそうな顔でクラウを見つめていた。

「……ラグ様、リサ？　どうしたんですか？」

そんな僕らの様子に気付いてクラウが首を傾げる。

「いや、夕食までに目が覚めてよかったなと思ってさ」

「クラウ、あなたの代価は思っていたほど重くなかったのかもしれないわね。これからは同じ隊の仲間だし、あまり煩《うるさ》く言うのは止めにするわ」

そう答えた僕とリサは、目を合わせて頷き合った。

クラウの代価を何とかするために聖霊の元へ直接赴いたことは、僕とリサだけの秘密だ。言っても信じられないことだろうし、代価もなくなったわけではないため黙っているのが得策だろう。

「リサがそう言ってくれるのはすごく嬉しいけど……どうして急に？」

不思議そうなクラウに、リサは頬を掻《か》きながら答える。

「まあ……ラグ君を信じることにした──って思っておいて」

「あ、じゃあやっぱりラグ様のおかげなんですね！」

喜ぶクラウだったが、そこで彼女は僕の耳元で囁《ささや》く。

「でもラグ様──やけにリサと仲良くなっていませんか？　私が眠っていた間に、何があったんでしょう……？」

何故かちょっと不満げな口調で問いかけてくるクラウ。

「悪いけど、秘密だよ」

「えぇー」

クラウは頬を膨らませる。

「そうよ、あたしとラグ君は秘密の関係になったんだから」

サラダを口に運びながら、リサが冗談めかした口調で会話に加わった。

「ひ、秘密の関係⁉　何ですかそれ⁉　まさか──師匠と弟子の関係より深い間柄なわけはないですよね！」

妙に真剣な顔でクラウは僕に詰め寄る。

「クラウ、ラグ君をあまり困らせちゃダメよ」

「うわ、リサが何だか余裕の表情⁉」

たじろいでミートボールをフォークから落とすクラウ。

そうした僕たちのやり取りを見て、オリヴィアが深々と嘆息した。

「あなた方は楽しそうですわね……私は実家でこってり絞られて、食欲もわきませんわ……」

「それなら僕が余分に貰ってもいいかな。夜食分も確保しておきたいし」

ちょっと思いついたことがあり、僕はそう頼んでみる。

「え？　本当ですの？　全然構いませんわ。あなた――ラグ君は……意外と優しいんですのね」

何故か少し頬を赤くしながらオリヴィアは僕に料理を譲ってくれる。

「たくさん食べることが強さの秘訣《ひけつ》なんですよ！　ラグ様、私もモリモリ食べますね！」

クラウは気合いを入れ直して、テーブルの料理を口に頬張った。

「……ラグ君。もしかしてその料理って〝あの子〟に？」

そこでリサが小声で問いかけてくる。

秘密を共有する彼女だけは、僕の行動から目的を察したらしい。

「ああ、食べ物が必要かは知らないけれど一応ね」

僕は苦笑を浮かべ、首を縦に振った。

3

歓迎会の後、僕は夜食分という名目で確保した料理を持って自室に戻る。

先輩方とは一通り挨拶したものの、既にできあがっている人も多く、あまり話はできなかった。今日はあくまで顔合わせという感じなのだろう。

「火よ灯れ《リトル・フレイム》」

料理の皿を机に置き、魔術でランプに火を灯す。ちなみにこの時代にはマッチという着火道具があるらしい。魔術が失われたからこその進歩なのだろう。

「……いい匂い」

すると壁に立て掛けてあった師の杖がぼうっと輝き、持ち手の上に小さな女の子の姿が現れる。

幼い容姿ではあるのだが、〝小さな〟というのはそのサイズのこと。竜の角と尻尾、翼を持つ白い少女は、僕が両手で包み込めるほどの大きさしかない。

「興味があるかと思って持ってきたんだ。ルクス、食べてみるかい？」

僕はその少女――聖霊のルクスに問いかけた。

「食べる」

翼を広げてフワリと舞い上がったルクスは、料理の前に着地する。

「迷宮の中は退屈だから外に連れて行って欲しい――それが君のお願いだったけど、こんな感じでよかったのかな」

僕はベッドに腰かけ、両手でミートボールを抱え上げるルクスに話しかけた。

「うん、十分。ルクスが外の世界を見られるのは、聖霊剣《グラム》が解放された時だけだった。でもパパのおかげで外に出られて嬉しい」

パクパクと自分の体積ほどもあるミートボールをあっという間に平らげるルクス。

「だけど、出られたといっても一部だけだろう？」

まだルクスの本体は迷宮の奥にある。

外へ続く門は僕が解錠できたが、中央の空間を覆う〝檻〟をルクスは通り抜けられなかったのだ。

「意識はこっちに移したから問題ない。聖霊としての力は置いて来たけど、観光ならむしろ小さい体の方が好都合。パパの杖は、いい住処《すみか》になるし」

先ほどまで姿を隠していた師の杖をルクスは示す。

高位の魔導具である師の杖は、聖霊の媒介として都合がよかったらしい。

「観光……ね。そんなに暇だったんだな」

「三百年も閉じ込められていたら、聖霊でも退屈でおかしくなる。前のルクスが捻くれたのも、半分はそのせい」

皿に盛られていた料理を全て平らげたルクスは、手についたソースをペロリと舐め取って肩を竦《すく》めた。

「三百年……つまり三百年前に聖霊は生まれたんだな？」

「そう」

あれだけ食べたのにちょっとしか膨らんでいないお腹《なか》をさすり、ルクスは机の端にちょこんと座る。

「女神と魔神が滅ぼされて、ルクスたち聖霊が生まれたの」

それは迷宮の中でも聞いた情報。

けれどリサがいたあの場ではあえて避けた質問があった。

「いったい何故――いや〝誰に〟女神と魔神は滅ぼされたんだ？」

ある程度の予想はついていたので、そう疑問を投げかける。

「それはもちろん、〝魔王〟に。ついでにルクスたちを地面の下に押し込めたのも魔王」

足をぶらぶらさせつつ、軽い口調でルクスは答えた。

竜の姿だった時は煮えたぎる憎悪を感じたが、魔神の要素がなくなったことで負の感情は薄れたらしい。

「やっぱりそうか。だから聖霊は人間に力を貸すんだな」

予想通りの返事を聞き、僕は息を吐く。

ただ、それだと一つ新たな疑問が浮かぶ。

僕の師であるリンネ・ガンバンテインが守護していた結界都市サロニカは、この時代では魔王城の一つとして数えられ、既に跡形もなく消滅させられていた。

ならばまさか……。

「ルクスは、その魔王の名前を知っているのか？」

帝立大図書館でも魔王の名前はどこにも見かけなかった。だが聖霊ならばそれを知っている可能性がある。

「うん」

こくりと首を縦に振るルクス。

できれば今度は予想が当たってほしくない。

そんな願いを抱きつつ、僕は彼女の言葉を待つ。

だが僕のささやかな期待は呆気なく裏切られた。

「魔王ガンバンテイン。それが聖霊と人類の敵」

＊

襲撃に怯えた人々が家に閉じ籠もり、しんと静まり返った夜の帝都ハイペリオン。

帝都を守る大外壁沿いの焼却施設には、街へ入り込んだ魔物たちの死体が集められていた。

その中には魔導器官を有する魔物――〝大魔《デヴォル》〟の残骸も含まれている。最も強大だったドラゴンはラグとクラウによって消滅したが、円卓《ラウンズ》の攻撃を耐えて大外壁を越えた魔物の一部は魔導器官を有していた。

警備をする兵士たちは知らない。

先の襲撃が単に〝材料〟を運ぶためのものだったことを。

――ドクン。

まだ魔力を残していた魔導器官の一つが脈動し、仕込まれていた〝魔術〟が発動する。

積み上げられた死体の山が蠢《うごめ》く。

命を失った肉が融合し、己が〝王〟の器を作り上げる。

「……ラ、グ…………」

骸《むくろ》の内より産み落とされた魔物の王は、掠《かす》れた声で呟く。

長き時の果てで、ようやく再会の機会を得た弟子の名前を。

終章　魔王

1

「はぁ」

寮部屋のベランダに出て、溜息《ためいき》を吐く。

ルクスは杖《つえ》の中に戻り、眠りについている。あの姿だと、あまり長く行動することはできないらしい。朝までは本体との接続は切れると言っていた。

ベランダからはタウルス寮の前庭が見渡せるが、もう夜なので人気は皆無。今夜は街の明かりも少なく、帝都は静まり返っている。

だが夜が明けて安全が確認されれば、すぐに賑《にぎ》わいは戻ってくるだろう。

「──また師匠の名前を聞くことになるなんて」

円卓《ラウンズ》の一人であるリンネ・サザンクロス。そして魔王ガンバンテイン。

どちらも師の名の一部を有し、リンネ・サザンクロスに関しては容姿までそっくりだった。

「今はとりあえず、聖騎士《パラディン》の一人として魔物と戦っていくしかない感じかな」

自分の状況を考えて、これからの方針を決める。

聖騎士《パラディン》として活躍すれば、リンネ・サザンクロスに接触する機会を得られるだろう。さらに魔物の本拠であるという北の大陸へ赴けば、魔王ガンバンテインと対面するチャンスがあるかもしれない。

ただ……〝降炎《メギド》〟から人々を守り、魔神を倒すという目的からは大きく逸《そ》れてしまった。

魔神が滅び、新たな戦いが巻き起こっているこの世界で、僕は本当に正しい道を歩めているのか——それが少し不安になる。

ズキン——！

その時、右目に激痛が走った。

「ぐっ⁉　これ、は——」

反射的に右目を押さえて呻《うめ》く。

近くに凄《すさ》まじい魔力の気配。あまりに強い魔力のため、魔眼が勝手に励起《れいき》して青白い光が指の間から漏れていた。

——聖霊すら比じゃない。

こんな濃度の魔力を感じたのは〝降炎《メギド》〟の日に、魔神を目にした時だけ。

いったい何が起こっているのかと、魔力の気配を感じる方に目を向けた時——赤い光の柱が大外壁付近から立ち昇った。

「っ——彼の腕《アーム・オブ・リンネ》よ、星の楔《グラビティ・スティーラー》を奪え」

迷いなく重力制御の魔術を発動し、ベランダから勢いよく跳躍する。

ひどく胸が騒ぐ。

一秒でも早く向かわなければと、何かを予感した僕の心が喚《わめ》いている。

大通りを駆け、高い建物の上へ跳び上がり、屋根伝いで赤い光の元に近づく。

すると腐臭と焦げ臭い匂いが混じった風が鼻腔《びこう》を撫《な》でた。

辿《たど》り着《つ》いたのは廃棄物の処分場と思われる施設。

「くっ……」

そこにいる〝赤い何か〟を直視した瞬間、またもや魔眼が軋《きし》みを上げた。

痛みを堪《こら》えながら、魔眼でそれの姿を確かめる。

恐らくは——魔物。

大型ではない。サイズと体格は人間に酷似していて二足歩行。

全身が鎧《よろい》状の外殻で覆われ、頭部からはまるで髪のように赤い光が溢《あふ》れ出《で》ていた。

その足元には魔物の残骸が山となって積まれており、周囲に何人もの兵士が倒れている。

施設内に積み上げられた廃棄物は燃え盛り、その中に埋もれるようにして大柄な男性が気を失っていた。傍《そば》には幅広の両手剣が転がっている。

「そんな……円卓《ラウンズ》が……敗れるなんて……」

まだ意識のある兵士が、男性の方を見ながら呟《つぶや》く。

どうやらあの剣士は円卓《ラウンズ》の一人らしい。

不意を打たれた可能性はあるが……この状況を見る限り、〝あれ〟が円卓《ラウンズ》以上の力を持っていたと考えるべきだろう。

人型の魔物が僕の方を見た。

頭部外殻の隙間から五芒星の輝きが溢れ、くぐもった声が響く。

「我が腕《アーム・オブ・リンネ》よ——時の流れを奪え《クロノ・スティーラー》」

その詠唱と、展開される術式を見た瞬間、背筋が凍る。

——時間停止の魔術⁉

口頭詠唱ではもう間に合わない。

——我が刃《エッジ・オブ・ラグ》よ、魔を断て《マギア・スレイヤー》！

僕はとっさに心の中で女神言語《デアスペル》を唱え、魔術全般を対象とした刃をカウンターで振るう。

だが発動タイミングが遅く、指定範囲も広すぎるため切れ味は鈍い。

ゆえに僕へ及ぶ魔術の効果を相殺するのが精一杯だった。

パキン――。

何かが割れるような音と共に世界が凍る。

僕と魔物以外の時が止まる。

燃え盛る炎も、立ち昇る黒煙も、逃げようとしていた兵士も、ピタリと静止した。

時が止まった世界で僕は魔物と――いや、〝彼女〟と向かい合う。

今の魔術と、詠唱の声、そして頭部外殻の隙間から見えた五芒星の輝きで、その魔物が誰なのか――既に予想は付いていた。

ただ、ルクスから事前に話を聞いていなければ、僕は自分自身の直感を否定していただろう。

できるなら信じたくはない。でも……。

「あなたは、誰ですか？」

敬語で問いかける。

「………想刻《メモリー・リバース》よ蘇れ」

返答は女神言語《デアスペル》の詠唱。

一瞬身構えたが、すぐに攻撃ではないことに気付く。

ボウッと僕の眼前に発生する白い靄《もや》。

——記録された光学情報と音声を再生する魔術か。

『やあ、ラグ。私の姿が見えているかい？　声は聞こえているかな？』

師匠の声が響き、靄の中に赤髪の女性——リンネ・ガンバンテインの姿が浮かび上がった。

「っ……師匠」

懐かしさに胸が詰まる。

体感時間ではまだ師匠と別れてから数日。その上、姿も声も師匠にそっくりな聖騎士《パラディン》とも会ったというのに……今すぐ駆け寄りたいほどの衝動が湧き上がってきた。

『これは、君を送り出してからおよそ百年後に記録したものだ。どうしても君に伝えなければならないことができたからね』

過去——およそ九百年前の師匠は、一方的に話を進める。別れてから百年も経《た》ったというのに師匠の容姿は全く変わらず、可憐《かれん》な少女のまま。

それを投影している人型の魔物はピクリとも動かない。

『この百年、様々な記録を調べ、さらに新たに開発した魔術で〝理《ことわり》〟を紐解《ひもと》き、私は知ってしまった。黒き太陽の魔神と白き太陽の女神は表裏一体。私たちが崇《あが》めていた女神もまた、人類を滅ぼす〝仕組み〟の一部だったんだ』

「な……」

言葉を失う。

女神は人間にとって豊穣を与える存在。何よりも正しき理。それが千年前の世界での常識だった。

『ラグ、君ならば〝降炎《メギド》〟を阻止し、魔神を殺せるだろう。けれど——それだけではダメなんだ。女神がいる限り新たな魔神が生まれ、理を乱した君は女神によって処分される。真名を知らない女神には君でも抗《あらが》えないだろう。そんな目に——大切な弟子を遭わせるわけにはいかない』

師匠の瞳に強い意志の光が宿る。

嫌な予感を覚えた。

この時代に来てから目にした様々なこと。それらが不吉な想像を膨らませる。

『私はこれから自身で封印していた禁術を用いて、自己改造を試みる。私の〝腕〟は奪うことに特化した概念魔術……あらゆる〝力〟を奪い続けることで、いずれは神々の領域に届く』

「なっ⁉　師匠、それは——」

衝撃的な宣言を耳にして、僕は反射的に手を伸ばすが……そこにあるのは触れられない幻。もはや変えることのできない過去。

『どのぐらいの時が掛かるかは分からないが、千年後までには必ずや女神と魔神を空から堕としてみせよう。だが、そこが限界だ。一時的に砕くことはできても、私では神を殺せない。ただそれでも、千年後に現れる君に少しは有利な状況を作れるはずだ』

そこで師匠は苦笑を浮かべる。

『正直、今の私には君のいる世界がどうなっているのか想像がつかない。自己改造を始めれば私は私でなくなる。こうして記録を残すことも今後は不可能だ。自我を失った私が、魔神以上の災厄になってしまう可能性すらある。だから――』

靄に映し出された師匠は、こちらに向けて手を伸ばす。

『またもや丸投げになってしまうけれど、後のことは君にお願いするよ。もしも私が、人類にとって害となる存在になり果てていた時は……君の手で引導を渡してほしい』

「そんなこと……！」

固く拳を握りしめて叫ぶ。

できるわけがない。そう言うつもりだった。

けれど過去の師匠が浮かべる笑みを目にして、言葉は空に消える。

『きっと君は怒っているんだろうね。でもこれは私にとって、そうせざるを得ないことなんだ。不思議だよ……君を送り出したあの日から、私の中で君の存在は大きくなり続けている』

そこで師匠は照れた顔で頬を掻《か》く。

『それもこれも、君が去り際にあんなことを言うからだ。その意趣返しというわけではないけれど、私も最後に言い残しておこう』

まるで僕のことが見えているかのように、彼女の赤い瞳が真《ま》っ直《す》ぐこちらを見つめた。

『私の弟子であり、偉大なる最後の賢者ラグ・ログライン。私も君のことが……大好きだったみたいだ』

ふわっとその言葉を最後に、彼女の姿は掻き消える。

記録を投影していた白い靄も晴れ、その向こうに立つ人型の魔物と僕は再び向き合った。

——師匠。

胸の中は色々な感情でぐちゃぐちゃだった。

できれば思考を放棄したい。真実から目を背けたい。

けれど、僕は師匠が認めた賢者だから……その期待と信頼を裏切るわけにはいかない。

俯《うつむ》きかけていた顔を上げ、五芒刻印《ステラ》の光が灯《とも》る魔物の目を見つめる。

「師匠は、やり遂げたんですね。人であることを捨てて、女神と魔神をも凌《しの》ぐ魔物の王に

――魔王ガンバンテインになった」

　そこからのことは想像するしかないが、ルクスから聞いた話と合わせれば……。

「神は魔王に砕かれ、聖霊という新たな理が生まれた……魔王はその聖霊をも封じたけれど、聖霊は人間に聖霊剣《グラム》を渡して代理戦争をしている――そこまでは、分かりました」

　声に出して状況を整理し、僕は人型の魔物に問いかける。

「でも、どうして魔王は人間の敵になってしまったんですか？　本当に自我を失ってしまったんですか……師匠⁉」

　僕は魔物に――恐らくは魔王ガンバンテインそのものである存在に向けて、はっきり〝師匠〟と呼びかけた。

　ピクリと、静止していた〝魔王〟が体を震わせる。

「ラ、グ……」

「っ⁉」

　名前を呼ばれてハッとする。

　――もしかしてまだ師匠の意識が残っているんじゃ……！

　そう考える僕だったが、魔王は掠《かす》れた声でこう続けた。

「私を……殺せ」

　その瞬間、魔王から凄まじい魔力が解き放たれる。

「師匠⁉」

とっさに僕も魔眼で取り込んだ魔力を解放した。

互いの魔力障壁がぶつかり合い、バチバチと火花が散る。

「僕を――覚えているんですね？　それなのにどうして……！」

「覚えては……いない。いなかった……だが……この時代に君が現れた気配を感じて、わずかに思い出した」

魔王は虚《うつ》ろな声で言葉を続ける。

「ラグ……六人目にして……最後の賢者」

「はい、僕です！　あなたの弟子の、ラグ・ログラインです！」

そう答えるが、魔王から放たれる魔力の圧はさらに強まっていた。

「そうか……弟子……懐かしい……懐かしい響きだ。だが……何を思い出したところで、この体は止まらない……今の私は……力を求め、奪い続ける怪物なのだから」

ゆらりと魔王は腕を掲げ、こちらに手を伸ばした。

「私は奪う。君の力を、その眩《まばゆ》き瞳を。それが魔王に成り果てた、私の在り方だ」

「そんな――止めてください！　師匠なら……ちゃんと自我を取り戻せば、きっと元の姿にも――」

僕の右目に向けられた魔王の指先。それに本能的な恐怖を抱きながらも、僕は諦めず訴える。

「残念だが……リンネ・ガンバンテインはとうに壊れている。記憶を思い出しても、心は取り戻せない。しかし――」

そこで外殻の内側で輝く赤い瞳が細められた。

「かつての私は、君を信じていた。どのような怪物になっても、君がいるなら後を託せると。だから、リンネ・ガンバンテインの期待に応える気があるのなら……」

「やめてください！」

その先を言わせないために叫ぶが、魔王は構わずに告げる。

「私を殺してみろ、最後の賢者よ」

「っ――」

胸の奥が悲しみと寂しさで軋む。

目の前にいる魔王は、師匠であって師匠ではない。魔王はそう言いたいのだろうが……。

――それでも、たとえ心を失っても……師匠は師匠なんですよ。

奥歯を噛《か》み締《し》める僕に、魔王は告げる。

「私は永久に力を求める魔王。その在り方に従い、行動するだけ。それを止めるかは――止められるかは……君次第だ」

魔王が星の魔眼を見開く。

飽和していた魔力が——勢いよく弾《はじ》けた。

ドンッ——!!

轟音《ごうおん》と共に凄まじい衝撃波が巻き起こる。

時間が停止した空間でなければ、帝都の半分が消し飛んでいたかもしれない。

魔力を前方に集中させて衝撃を堪えた僕は、渦巻く思いを吐き出す。

「こんなの——こんなのってあんまりじゃないですか！　師匠!!」

「…………」

もはや魔王は会話に応じない。

その手をこちらに伸ばし、魔力の放射を続ける。障壁が軋み、火花が散った。

「僕はただ……あなたのために……あなたの望みを叶《かな》えたくて、千年の時を越えてきたんですよ！」

必死で訴えるが、魔王は赤い瞳で僕を見つめるだけ。

「っ……そんなに僕の力が……魔眼が欲しいっていうのなら——」

自分の右目に指を伸ばす。

師匠が求めるのなら、自ら抉《えぐ》り取《と》って渡してもいい。

師匠のためなら、僕はきっと何でもできる。でも……。

無言の魔王を見て、静かに手を下ろす。

「力を求めるのは単に魔王の行動原理であって、師匠の望みじゃ……ないんですよね」

そう呟いて、僕は杖を構えた。

覚悟など決まらない。

けれど、ここで僕が魔王に殺され、奪われ、その糧になることは――決して師匠の望む結末ではない。

――なら、師匠の望みとは何だ？

記録映像内での師匠は、自分が災厄になっていたら引導を渡してくれと言っていた。でもそこからもさらに九百年が経っている。そして目の前には現在のリンネ・ガンバンテインが存在している。

だから僕はまず確かめなければいけない。

「師匠――いや、魔王ガンバンテインに問う。かつてのあなたではない、今のあなたは何を望む？」

過去の彼女を重ねるのは止め、今の彼女に質問する。

「僕は知りたい。ここにいるあなたの、一番の望みを。確かに……力を求めるのは魔王の本能かもしれない。でも、それが〝最優先〟なら僕と会話する必要もなかったはずだ」

こちらの魔力障壁を削り続ける魔王に、僕は諦めず問いを重ねた。

「心を失っても、どれだけ変わり果てても、あなたは僕にとって誰よりも大切な人だ。だから魔王としての望みであっても、僕は叶える。それが偽りのない、一番の願いであるのなら！」

この時代の人々にしてみれば、これはとんでもない提案だろう。けれど僕は今の質問の返事を聞くまでは、戦うつもりはなかった。たとえ誰に言われても——それが九百年前の師匠自身であってもだ。

「…………飽いた」

ようやく魔王がぽつりと言葉を返す。

「千年は……生きるのには長すぎる。やるべきことは果たした。終われるものなら、もう終わりたい。力を求めて駆動し続けるこの体に——魔王としての生に、私はとうに飽いている」

そう言っている間、魔王からの圧力は全く緩まない。魔王の体は、手加減などなく僕の力を奪い取ろうとしている。

けれど、確かにそれは魔王の本心に思えた。今の彼女が零《こぼ》した、一番の望みだと感じた。

「分かりました」

ゆえに頷《うなず》く。

心を殺す必要はない。心に従い、僕は胸の内にある鋭い刃を抜く。

悲しいけれど、どうしようもなく寂しいけれど、そんなものは彼女が耐え抜いた千年に比べたらなんてことはない。

「魔王ガンバンテイン。僕はここで、あなたを終わらせる」

そう宣言すると、魔王は満足げに頷いた。

「それでいい。やってみろ、最後の賢者よ。神をも砕いた私を、本当に斬れるというのなら!!」

魔王は高らかに叫び、女神言語《デアスペル》を唱える。

「我が腕よ《アーム・オブ・リンネ》——全てを奪え《オール・スティーラー》!!」

魔王の両肩から赤く輝く巨大な腕が出現し、僕の展開する魔力障壁に爪を立てた。

バギンッ!!

障壁に亀裂が走り、多重展開していた障壁の第一層が容易《たやす》く握りつぶされる。

これは師匠が編み出した〝腕〟の概念魔術における秘奥。

あらゆるものを掴《つか》み、奪い取る〝万能《ユピテル》〟の体現。

障壁の第二層を強引にこじ開けられ、僕の全てを奪おうとする腕が迫る。

――師匠は何百年も掛けて魔王という存在に進化した。聖霊と同じで、それを定義する女神言語《デアスペル》は存在しない。

だから、対象を指定して必殺の刃を振るうことはできない。

けれど師匠と同じく僕にも秘奥の魔術はある。

「我が刃よ《エッジ・オブ・ラグ》――森羅万象を断て《コスモ・スレイヤー》！」

鋭く女神言語《デアスペル》を唱えると、掲げた杖を軸にして僕の身長の二倍以上はある青い光の剣が具現した。

これは心の中にある刃を具現し、万物を対象として振るう魔術。

たとえ女神言語《デアスペル》で定義されない存在でも、〝全て〟という括《くく》りに含まれるのであれば、僕の刃は当たる。

すなわちこの魔術こそが僕の〝万能《ユピテル》〟――ラグ・ログラインが賢者である証《あかし》。

ただし具現させただけでは意味がない。他の〝刃〟とは違い、この魔術だけは自分の手で振るう必要がある。

そのような制限をつけなければ、万物を対象にする刃は具現した瞬間に僕自身を含む周囲の全てを斬り裂いてしまうのだ。

「はあッ!!」

渾身《こんしん》の力で青き剣を振り下ろす。

互いの障壁が砕け散り、僕の刃と魔王の腕が激突した。

青い剣と赤い爪が競り合い、溢れた魔力がバチバチと弾ける。

聖霊ルクシオンとの戦いでこれを使っていれば、力ずくで消滅させることも可能だっただろう。

何故《なぜ》なら聖霊さえも、万物という概念の中に納めてしまえるのだから。

だが魔王の腕は僕の刃に拮抗《きっこう》した。

全てを断つ刃と全てを奪う腕――どちらも〝万能《ユピテル》〟の概念魔術。

僕の刃は魔王の腕をも斬り裂ける力を持っているが、魔王の腕も僕の全てを奪うことができる。

矛盾する概念。

これはそのどちらを押し通すかの勝負だ。

武器が互角であるのなら、勝敗を決めるのは遣い手次第。

「っ……！」

魔王の腕に――押される。踏ん張って堪えるが、凄まじい圧力で足の裏が地面に沈み込む。

魔術に込めた魔力量で、こちらが負けているのだ。

魔王の魔眼は五芒刻印《ステラ》。僕の八芒刻印《ソル》より性能が劣る。しかし取り込み続けた魔物の魔導器官が、総合的に僕以上の魔力を生成しているのだろう。

このままでは押しきられる。

——でも、魔力量が勝敗を決めるわけじゃない。魔王のために、このまま負けてはならない。

クラウがリサと戦った時の光景が脳裏を過ぎった。

模擬戦でクラウはわずかな魔力を研ぎ澄ませ、リサの魔力障壁を断ち切った。

——そうだ。あの時みたいに……！

僕は限りなく意識を集中させ、己の刃を研ぎ澄ませていく。

ズッ……と拮抗していた刃が、魔王の腕にめり込んだ。

「ぐっ⁉」

魔王が驚きの声を漏らす。

万能たる魔術《ユピテル》が、全てを奪う概念が、刃によって断ち切られていく。

脳裏に師匠の顔が過ぎった。

炎の中から僕を救ってくれた時の微笑《ほほえ》み。勝手に危険な魔術の実験をして死にかけた時に見た、師匠が本気で怒った顔。僕の一方的な告白に呆然《ぼうぜん》としていた師匠の表情——。

改めて気付く。

やっぱり俺は彼女のことが好きなのだと。

何より大切なものを、僕は自ら斬り裂こうとしている。

痛い。痛い、痛い、痛い――刃を押し込んでいるのは僕の方なのに、心が砕けてしまいそうなほど……痛い。でも――。

「それが……どうしたっ……！」

僕の辛《つら》さなんて、痛みなんてどうでもいい。

自分のために生きてきたわけじゃない。自分のために強くなったわけじゃない。自分のために千年先の未来に来たわけじゃない。自分が幸せになるために戦っているわけじゃない。

全ては師匠のために。師匠を助けるために、師匠を喜ばせるために、師匠の願いを叶えるために――。

きっと師匠はそんなことじゃダメだと言うだろう。

『ラグ――私は君に、大勢の人を笑顔にできる偉大な賢者になって欲しいんだ』

それが師匠の願った僕の在り方。

だからいつかはそうなろうと思う。でも今は——この戦いに決着がつくまでは、僕の全ては師匠のために……！

刃がさらに魔王の腕に喰《く》い込《こ》む。

彼女が望んだ終わりの時が近づく。

視界が滲《にじ》み、頬を熱い涙滴が伝う。

でも、まだだ。もっと、もっと鋭く——どこまでも薄く。

杖を強く握りしめ、これ以上ないほどに鋭利な刃を具現させる。

その途端、抵抗がなくなった。

今、この瞬間が別れの時だと悟る。


「ありがとう……ございました」


とっさに口から出たのは、感謝の言葉。

そして一歩前に踏み込み、青い剣を振り抜く。

一閃《いっせん》。

赤い腕が、魔王の体が、横一文字に断ち切られる。

パンッと弾けるように魔力で形作られていた赤腕は消滅し、胸の辺りで両断された魔王の体は地面に転がった。

「ラグ……」

微《かす》かに響く魔王の声。

「よく……やった。それでこそ……」

「師匠！」

膝を突き、彼女の顔を覗《のぞ》き込《こ》む。

「愛《いと》しい……私の、弟子──ああ、そうか……私は今も──」

腕をこちらに伸ばそうとするが、その手は指先から崩壊していく。

「っ……師匠、僕は──」

「……ありがとう。悪くない、最期だ」

その言葉を最後に、頭部外殻の隙間から漏れていた五芒《ステ》刻印《ラ》の輝きがフッと消える。

一つの命が……僕の刃によって断ち切られる。

「っ……あぁ……」

嗚咽《おえつ》が漏れそうになり、ぐっと唇を噛んで堪えた。

──情けない声を出すな。みっともない顔を晒《さら》すな。僕は師匠の願いを叶えたんだ。最後まで彼女の弟子らしく、偉大な賢者として……。

残った力を足に込め、立ちあがる。

「師匠……お疲れ様でした」

込み上げる感情を抑え、魔王の亡骸《なきがら》に頭を下げた。

千年に及ぶ彼女の人生に敬意を。

魔と化してまで僕を救おうとしてくれたことに感謝を。

そして……ようやく訪れた彼女の眠りが、どうか安らかであらんことを。

胸の中で、僕は祈る。

亡骸は切断面から白色化し、ボロボロと砂になって崩れていく。

胸の内側が空っぽになっていくのを感じながら、僕は魔王が消えていく様を最後まで見守った。

――これで、魔王との戦いは終わったんだろうか。

疑問が浮かぶが、今はこれ以上のことを考えたくなくて、一先《ひとま》ず時間停止の魔術の効力を解こうとする。

カツン。

その時、在り得ない音が聞こえた。

「え？」

僕と魔王以外、ここには動ける者はいなかったはず。

けれど〝足音〟は確実に近づいてきて、角の向こうから赤髪の女性が姿を見せた。

「その様子では、君が魔王を倒したのか……さすがに驚いたよ」

そう言って笑うのは、円卓《ラウンズ》の一人であり、師匠と瓜二《うりふた》つの姿をした聖騎士《パラディン》――リンネ・サザンクロス。

「剣が魔王の出現を教えてくれたのだが、北の監視塔の様子を見に行っていたせいで来るのが遅れてしまった。被害が最小限に抑えられたのは君のおかげだ。そこの彼も恐らくまだ死んではいまい」

瓦礫《がれき》に埋もれて倒れる円卓《ラウンズ》の男性を示して、彼女は僕を褒める。

だがそれに喜んでいる状況ではない。

「どうして……ここに……他の人たちは止まっているのに……」

「ん？　ああ、魔王が何か力を使っていたようだが――聖霊剣《グラム》の加護で、私には通用しないのさ。魔王が滅びた以上、この時間が凍ったような現象もじきに解消されるだろう」

彼女は確信のある口調でそう答える。

そんな彼女を前にして、僕は戸惑う。

――そうだ。魔王ガンバンテインが師匠だったのなら、この人は何なんだ？

「これで我々が倒した魔王は三体目か。七星の魔王も残るは四体――北の大陸へ、再び攻め入る時が来たのかもしれんな」

その呟きにぎょっとする。

「三体目……？　七星の魔王？」

「ああ、初代剣帝ハイネル様が魔王城と共に消し飛ばしたのが一体目。私が北の大陸で討ったのが二体目。今回帝都内に出現したのが三体目になる。かつて魔王は七体いて、ゆえに七星の魔王と呼ばれていたのさ」

「そんな……」

師匠の他にも魔王がいるのかと愕然《がくぜん》とするが、すぐ思い違いに気付く。

――いや、そうじゃない。魔王は、絶対に師匠なんだ。他者から力を奪い続ければ体は肥大する一方……最適化するために〝分裂〟するのは理に適《かな》っている。

その可能性に思い至り、胸の奥がズンと重くなった。

――僕はまだ、師匠を完全に解き放つことができていないのか。

それが悔しくて奥歯を噛みしめる。

「悲観する必要はない。いずれ必ず、私が全ての魔王を討つ」

そんな僕の様子を見て誤解したらしく、彼女は強い口調で宣言した。

――まさか、この人も？

分裂した師匠かもしれないという考えが宿ったが、間近から魔眼で見ればすぐに違うと分かる。

リンネ・サザンクロスからは魔力の気配を感じない。

彼女の瞳には五芒刻印《ステラ》が刻まれていなかった。

——魔導器官を持っていないのなら、この人はただの人間だ。

だから彼女はただ師匠と似ているだけの人。きっと、そのはずなのに——。

「そんな顔をするな。君は私に比する功績を上げたのだぞ？　この件は明日にも大々的に公表し、君は剣帝様から直々に表彰を受けることになるだろう。今期の首席にも限りなく近づく。剣帝直属護衛《クルス》の試験で手合わせをする時は、思った以上に早いかもしれないな」

本来なら喜ぶべき言葉なのだろうけど、今は余裕がない。何も言葉を返せない僕を見て、彼女は困ったような笑みを浮かべた。

「しっかりしろ。どうやって魔王を倒したかは分からないが……私は君に期待しているのだから」

たぶんよほどひどい顔をしていたのだろう。

彼女は軽く僕を抱き締め、背中をポンポンと叩《たた》いてくれる。

その時に感じた香りは、声から伝わる温《ぬく》もりは、どうしようもないほどに師匠のことを思い出させた。

——あなたは自分がその魔王と……リンネ・ガンバンテインとそっくりなことを知って

いるんですか？　あなたは何者なんですか？

そう問いかけたい衝動が湧き上がってくるが、声にする前にギリギリで呑《の》み込《こ》む。

もし彼女が他人の空似でなかった場合、この質問がどんな影響を与えるか分からない。

そして他人の空似だったとしても、僕は今——この温もりを少しでも長く感じていたかった。

だから何も言わず、ただ彼女に身を任せる。

こうしていると少しでも胸の痛みが和らぐ気がしたから。

2

時間停止の魔術を解除した僕は、後のことは任せておけというリンネの言葉に従い、一人でタウルス寮に戻ってきた。

門限時刻の後に勝手に出てきた立場なので、重力制御で柵を飛び越えてから、自分の部屋のベランダまで跳躍する。

狭いベランダに着地すると、途端に体から力が抜けた。

「長い……一日だったな」

ベランダの柵に寄りかかって、大きく息を吐く。

本当に疲れた。

特に師匠と魔王の件が、心と体に重くのしかかっている。

これからやるべきことはもう決まっていた。

変わり果て、魔王となった師匠を終わらせること。

そのためには聖騎士《パラディン》の一人として、戦っていくのがいいのだろう。

ただ、リンネ・サザンクロスのことも含めて、まだ謎は残っている。考え過ぎかもしれないが、彼女が師匠と何の関わりもないとはやはり思えない。それに聖霊が本当に人間の味方だという確証もない。クラウの件から考えると、聖霊は危険な存在のように思える。

結局は今の道が正しいのかどうか——その疑問に戻ってきてしまう。


「ラグ様」


その時、上から可憐な声が降ってきた。

トン——と軽やかな音と共にベランダの柵に降り立つ少女。

「……クラウ、また来たのか」

正直かなりびっくりしていたが、動揺は隠して呆《あき》れ顔《がお》を浮かべる。

「はい、来ちゃいました。さっき外へ出ていったみたいですけど、何かあったんですか?

すごく異様な気配を感じましたが……」

ちょっと照れたように笑って、彼女はぴょんと柵から飛び降り、僕の隣に立った。

「まあ、ちょっとね。もう解決したから大丈夫だよ」

時間が止まっていたので、クラウからすれば短い時間のことだったのだろう。

正式な発表があるまで、魔王の件は公言しないようリンネ・サザンクロスに釘《くぎ》を刺されている。

「わあ、さすがラグ様です！　それなら安心しました。でも……ここに来たのは、もう一つ用件があってですね……」

何故かモジモジしながらクラウは言う。

「用って何だい？」

クラウの美しい蒼眼を見つめて問いかける。

「ま、前と同じです。お礼を――言おうと思いまして」

「礼？」

「はい。空から魔物が襲ってきた時、私は全力で聖霊剣《グラム》の力を使いました。それなのに、こんなに早く目が覚めるのはおかしいです。ラグ様が……助けてくれたんですよね？」

じっとこちらの瞳を覗き込まれ、つい目を逸らしてしまう。

「さあ、どうだろうな」

嘘《うそ》を吐くことができず、はぐらかすような返事になる。

するとクラウは小さく息を吐く。

「実はさっき、リサにも聞いてみたんです。詳しいことは秘密だって言われたんですけど……ラグ様のおかげだってことは認めてくれました」

「そうか──なら、そういうことだよ。色々あってクラウの代価は軽減された。でも力を使うとしばらく眠ることには変わらないから、気を付けた方がいい」

中途半端な誤魔化しは意味がなさそうだと思い、そう注意しておく。

「はい、分かりました。〝色々〟の部分は気になりますけど……今はまだ聞きません。何しろ師匠のお言葉ですから」

真面目な顔で頷くクラウ。

「助かるよ」

僕は苦笑を返すが、そこでクラウはいきなりズイッと距離を詰めてきた。

「けど、あと一つリサから聞いたことがあるんです」

「な、何だ？」

妙な迫力に気圧《けお》されながら問い返す。

「何って──そんなこと……恥ずかしくて口では言えません」

顔を真っ赤にしてクラウは僕を睨《にら》む。

それでリサが何を言ったのかに当たりがつき、あの時の〝感触〟が頬に蘇った。

「でも、それが私のためにしてくれたことなら……助けてもらった私も、同じことをしなければならないと……ううん、そう〝したい〟と思うんです！」

そう言うと彼女は僕の首に手を回し、背伸びをして顔を近づけた。

頬に一瞬の口づけ。

柔らかな感触と、遅れて香る甘い匂い。

「あ、あの、えっと……ラ、ラグ様っ！　こ、これが私の……弟子として……一人の剣士として……あと〝私〟としての気持ちですっ！」

さらに顔を火照らせたクラウは、上擦った声で言う。

「あ……ありがと」

僕も心臓がバクバクして他に言葉が出てこない。

「ダメです……！　お礼を言うのは私の方です！　だってラグ様のおかげで——私はまだ聖騎士《パラディン》として戦えます。また、誰かがいつか笑えるためにこの剣を振るえるんです！」

強い口調で訴えたクラウは、僕の手をぎゅっと両手で握りしめる。

「そしてこれからも、私を導いてください。ラグ様は私にとって、最高の剣士です」

その言葉と、どこまでも真剣な表情を見て、先ほどまで胸の奥に蟠《わだかま》っていた迷いが消えていく。

――とりあえず、少なくとも〝ここまで〟は間違ってない。

そう思えた。

だから覚悟を込めて、僕は答える。

「ああ、分かったよ。弟子の面倒を見るのは――師匠の役目だからね」

つづく

あとがき

お久しぶりです、ツカサです。この度は『剣帝学院の魔眼賢者』を手に取っていただきありがとうございます。

今回は賢者が主役のお話です。

この物語における賢者は、最上位の魔術師みたいな位置づけですが、私が人生で初めて触れた賢者はわりと悪い奴《やつ》でした（某国民的ＲＰＧを題材にした漫画で、ちょうどアニメ版のリメイクが今放送されていると言えば分かる人もいるのではないでしょうか）。

その賢者は自身が仕える国の王女を謀殺しようとしていて、幼い私はいい人じゃなくても賢者になれるんだなぁと思った記憶があります。

原作のゲームをプレイしたのはその後で、賢者に転職する条件を知って驚きました。わりとこれをオマージュした作品が最近でも多いので皆さんもご存知《ぞんじ》かと思いますが、賢者になるには魔法使いと僧侶の経験を積む方法の他に、遊び人としてのレベルを上げて転職するルートがあるのです。

遊び人……ゲーム内ではピエロやバニーガールの姿で描写される職業から、どうして賢者になれるのか――当時の私はいまいち分かりませんでした。単に一番弱い職業だから、それで頑張ったご褒美的なものなのかなと勝手に納得していた気がします。

まあ実際のところはたぶん、賢者になるための『悟り』には色々な形があるよということなのでしょう。

遊び人はとことん遊びまくって様々な人生経験を積んで、何かしらの真理に辿《たど》り着《つ》いたのだと思います。

元ヤンキーの先生の方が言葉に含蓄があって物事の本質を分かっている――みたいなものと似た現象なのかもしれません。私の通っていた高校にも、夏は常にアロハシャツを着ているガラの悪い先生がいました。それまでの真面目な国語の先生とは違い、知識よりも感性を重視するスタイルの授業で、テストも読解力が求められるものだったと記憶しています。

当時私が所属していたのは理系のクラスだったので、周りのクラスメイトは割とそのテストに苦戦していました。ただ、逆に普段からよく本を読んでいた私にとっては、特に知識を詰め込まなくても解ける問題ばかりで、一気に国語の成績が上がったのです。

それまで私は、自分は国語が不得意だと思い込んでいたのですが、それがきっかけで苦手意識がなくなりました。

小説を書き始めたのはまた別の理由があったものの、このことがなければ文章を自分で書いてみようという発想が出てこなかったかもしれません。

というわけで、元ヤン先生優秀説は私の中でわりと説得力があります。だからファンタジー世界の遊び人が賢者に転職できるのも、なんとなく納得できるような……そんな気がしました。

……何だか微妙に話が脱線してしまったようにも思うので、そろそろ謝辞に移ろうと思います。

本作品のイラストを担当してくださった、きさらぎゆり先生。ラグやクラウたちを魅力的に描いてくださり、ありがとうございます。表紙のクラウがすごく可愛《かわい》くて、思わず目を奪われてしまいました！

担当の庄司《しょうじ》様、前シリーズから引き続き、一緒に作品を作れて嬉《うれ》しかったです。本作も庄司様のアドバイスのおかげで、より良い形に仕上げられたと思います。これからもよろしくお願いします！

そして読者の皆様に最大級の感謝を。次の巻も出し惜しみせず全力で描いていくつもりなので、楽しみにしていただけると嬉しいです。

それでは、また。

二〇二〇年　十月　ツカサ

剣帝学院の魔眼賢者
お手に取ってくださり
ありがとうございます
クラウちゃん
かわいいー！
きさらぎゆり

ファンレター、
作品のご感想を
お待ちしています。

あて先

〒112-8001　東京都文京区音羽2-12-21
(株)講談社ラノベ文庫編集部 気付

「ツカサ先生」係
「きさらぎゆり先生」係

より魅力的で楽しんでいただける作品をお届けできるように、
みなさまのご意見を参考にさせていただきたいと思います。
Webアンケートにご協力をお願いします。

https://voc.kodansha.co.jp/enquete/lanove_123/

講談社ラノベ文庫

剣帝学院《けんていがくいん》の魔眼賢者《まがんけんじゃ》

ツカサ

2020年11月30日第1刷発行

発行者	森田浩章
発行所	株式会社　講談社 〒112-8001 東京都文京区音羽2-12-21
電話	出版　(03)5395-3715 販売　(03)5395-3608 業務　(03)5395-3603
デザイン	たにごめかぶと(ムシカゴグラフィクス)
本文データ制作	講談社デジタル製作
印刷所	豊国印刷株式会社
製本所	株式会社フォーネット社

ISBN978-4-06-521537-1　N.D.C.913　269p　15cm
定価はカバーに表示してあります

講談社ラノベ文庫

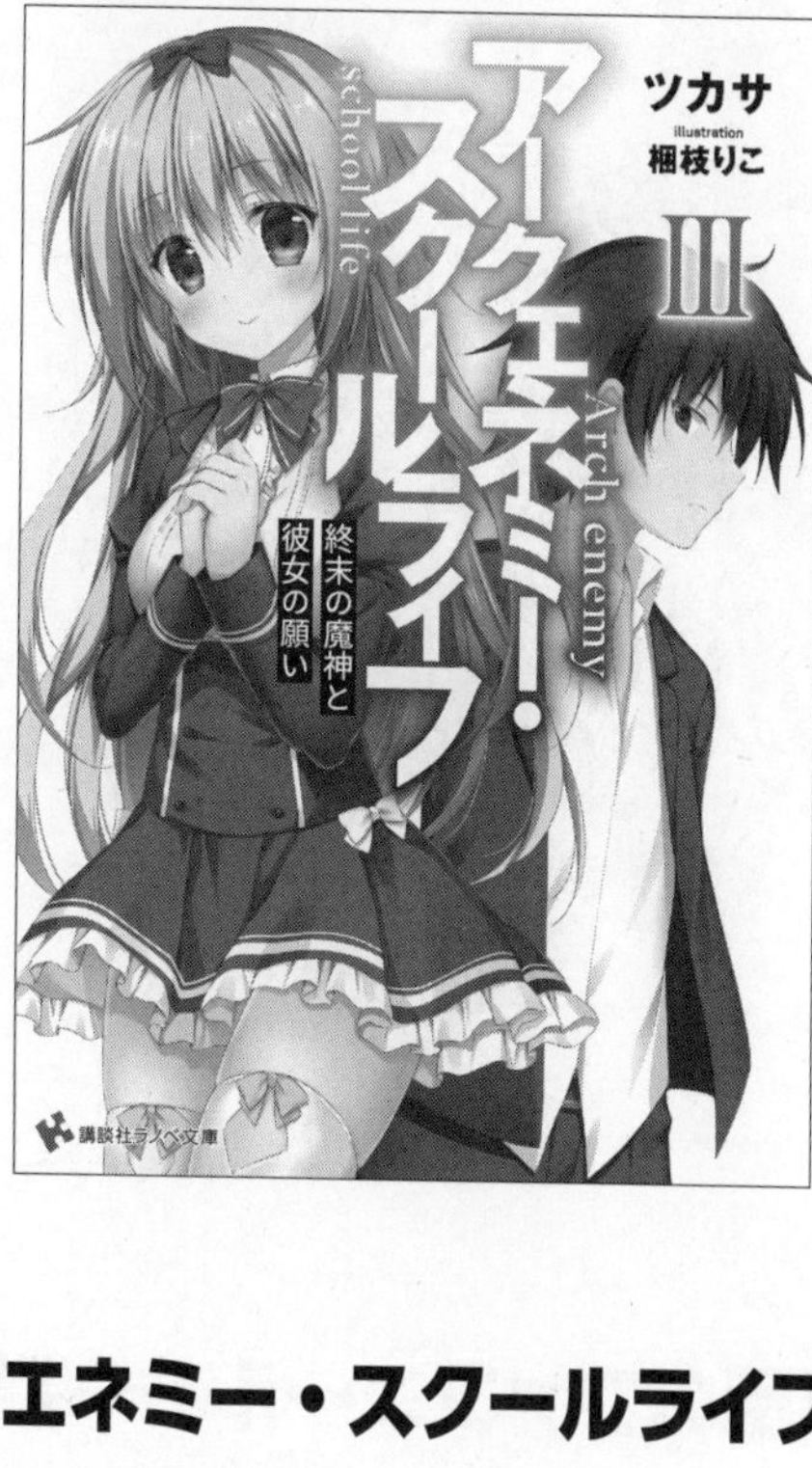

アークエネミー・スクールライフI〜III

著:ツカサ　イラスト:梱枝りこ

VRMMORPGティルナノーグにおいて阿久津恭也は、
唯一のクラス“魔神”のルガーとして君臨していた。
ある日恭也は、ルガーの身体で目覚める。
しかし彼が目にした光景は、ゲーム内ではなく現実世界のもので……!?